JN122168

天はあおあお　野はひろびろ
池澤夏樹の北海道

池澤夏樹

写真――水越武

まえがき、あるいはタイトルのこと

これは北海道新聞に連載した「天はあおあお野はひろびろ」というコラムを中心にその他の北海道に関する文章を集めた一冊である。

このタイトルのことを説明しておこう。

出典は「敕勒歌（ちょくろくのうた）」という古代中国の詩。作者は不明で、もとは民謡らしい。

敕勒川　陰山下
天似穹廬　籠蓋四野
天蒼蒼　野茫茫
風吹草低見牛羊

勅勒の川　陰山の下（もと）
天は穹廬（きゅうろ）に似て　四野を籠蓋（ろうがい）す
天は蒼蒼　野は茫茫
風吹き草低（た）れて　牛羊を見る

敕勒はチュルクというトルコ系の民族。穹廬は天幕。籠蓋は蓋のように覆う。

この「天蒼々、野茫々」を借りてタイトルとした。その先は「風が吹くと草が頭を下げ、その向こうに牛や羊が見える」ということ。

天はあおあお　野はひろびろ

池澤夏樹の北海道

——目次

天の章

おびひろ1950

野の章

初出一覧

伊藤整賞と北海道人の自覚　「伊藤整文学賞二十五年の歩み」（伊藤整文学賞の会）
日本文学史の中の北海道　「図録・作品集　北方文芸２０１７」（北海道立文学館）
個人から神話へ——入口としての知里幸恵　『知里幸恵とアイヌ』（小学館版学習まんが人物館）
北海道百五十年　「朝日新聞」北海道支社版 ２０１８年1月1日
北海道のエネルギー事情　「朝日新聞」北海道支社版 ２０１８年3月4日
ジャッカ・ドフニ　「朝日新聞」北海道支社版 ２０１８年5月6日
北海道論としての夕張論　「朝日新聞」北海道支社版 ２０１８年7月8日
地震と停電　「朝日新聞」北海道支社版 ２０１８年9月23日
戦争の空気とオスプレイ　「朝日新聞」北海道支社版 ２０１８年11月11日
札幌の空・世界の空　松江泰治『JP-01 SPK』（赤々舎）
リラが白や薄紫の花を咲かせる頃　「旅人類」Vol.04（共同文化社）
サハリンがチェーホフを変えた　「悲劇喜劇」２０１７年11月号（早川書房）
自分が飲んでいる水の源　「水の文化」56号 ２０１７年6月（ミツカン水の文化センター）
分水嶺の話　「日本経済新聞」２０２２年9月4日

※右記以外は「北海道新聞」
連載「天はあおあお 野はひろびろ」　２０１５年4月6日〜２０２３年1月7日
帯広柏葉高校新聞局　２０２２年4月14日
連載「おびひろ１９５０」　２００１年5月14日〜11月19日　帯広・十勝版
風は分散を誘う　２０００年1月6日

装丁・本文レイアウト　佐藤守功（佐藤守功デザイン事務所）

天の章

オオカミを放つ

この冬は連日のようにオオカミに会いに行っていた。

家から徒歩で行けるところに円山動物園がある。そこのオオカミ舎までが片道二千五百歩とちょうどよい距離で、標高差も四十メートルほどある。

散歩というもの、コースの設定がむずかしい。体力保持が目的だからどっちに向かってもいいわけだが、持続のためには何か目標が欲しい。ジムでマシンを使うのと青空・雪空の下を歩くのでは、肉体はともかく精神に対する効果が違うはずだ。

そこで動物園に通うことを思い立った。『くまのプーさん』の作者のA・A・ミルンが「ほんとうに動物が好きな人は動物園に行って、さっさと目当ての動物の前に行って、ずっとそこにいるものです」と書いていた。彼の場合はクマだったらしい。

それを思い出して、ぼくは迷うことなくオオカミを選んだ。

今、円山動物園には四頭のオオカミがいる。みんな雄で、父親がジェイ、長男がルーク、次男の双子がユウキとショウ。母親のキナコはしばらく前に事故で亡くなっている。

四頭みなよく似ているが、何度か通ううちにある程度は個体識別ができるようになった。ジェイは顔が白っぽく、ルークは尾が短い。ユウキとショウの区別はちょっとむずかしい。

晴れた日には雪の上で寝ていることが多くて、曇りの日の方が活動的。見物の人間は屋内からガラスを隔てて屋外の彼らを見るのだが、奥行きのある区画なのにすぐ近くにいることが多い。人間に関心があるのかと思ったが、ひょっとしたらガラスに映る自分たちの姿が気になっているのかもしれない。

朝早く行くと給餌を見ることができる。四頭は走り回って、予（あらかじ）めあちこちに置かれた肉塊を見つけるたびに丸呑（の）みする。もっとちゃんと嚙（か）めよ、とつい言いたくなるが、まずは自分の分を確保することが大事なのだろう。

毎日のように通うことでぼくはオオカミたちと親しくなろうとしている。もちろん一方的なものだけれど、それでも何かの絆を作ろうとしている。自分の心の慰めに利用しようとしている。それはよいことだろうか？　よいと言うならば、誰にとって？

名前を付けること、個体識別の手がかりを写真と文で掲げることで動物園は親密化に手を貸している。それは言ってみれば野生動物をペットに近づけることだ。

この世界には我々ヒトだけではなくたくさんの動物がいる。彼らを排除して都市や文明を造ってきたけれど、外にはまだ野性の領域が広がっている。それを忘れないために、対面の場を用意するために、動物園がある。

この構図そのものが矛盾なのだ。言わば右手にナイフ、左手にバンドエイド。

オオカミについて言えば、我々は明治期に彼らを絶滅に追い込んだ。缶詰にして海外に売るほどエゾシカを狩り、その結果、餌を失ったオオカミが馬や牛を襲うと言ってストリキニーネで一頭残らず殺した。

そして今は増えすぎたエゾシカに手を焼いている。うまい肉なのだから狩って食べればいいのに、その方策が確立できない。自然に添って生きる力が衰弱している。

北海道の自然にもう一度オオカミを導入しようと言う人々がいて、ぼくはこれに反対でもない（『双頭の船』という小説の中でその場面を書いた）。

つまり、円山動物園の四頭に会いにゆく時、心の中はなかなか複雑なのだ。

（２０１５年４月）

オホーツク人に会いに行く

この国のこの閉塞感(へいそく)はいったい何のせいなのだ？　たった今の政治や経済のことを言っているのではない。すべてを国という言葉で区切り、中と外を分けて当然、という思い込みが気にかかるのだ。

二〇一五年の秋、セルビアに行った時、乞われて講演をした。時期が時期だけに話は難民問題に及び、その前年に日本が受け入れた難民の数は十一人と言って会場の失笑を買った。今はどの国も何万人を相手に苦闘しているのだ。戦乱のシリアから遠いオーストラリアでさえ一万二千人を受け入れると言っている。

島国だから鎖国が可能だった。古代から二十世紀半ばまで異民族支配を知らなかった国は世界にも稀(まれ)だ。

その結果だろうか、この国の運営は他の先進諸国とはずいぶん違うものになった。こんなに死刑が好きな国は少ないし、女性の社会進出がかくも遅れている国もない。正に独自の進化、ガラパゴス状態。

昔、日本列島は開かれていた。古代には朝鮮半島経由で、あるいは黄海を直接に渡る海路で、大陸からたくさんの人と文物が入ってきた。北東アジアとはサハリン経由で北海道との間に多くの行き来があった。琉球の人たちは船を駆って明や清だけでなく東南アジアまで行っていた。

もともと博物館が好きなたちだが、とりわけ好きなのが網走の北方民族博物館。ここに行くと島国を逃れて、北極圏ぜんたいを縦横に旅しているような気分になれる。寒い土地ではあるが人々は昔から元気に行き来していた。人が動き、交易によって物が動いた。工芸の様式が広く伝播するさまが実物によってわかる。

展示品が新しいのも好ましい。遺跡から出た遺物ではなく、伝統の手法によって新たに作られたものが多い。素材も昔のまま。それを作れる人がまだ各地にいることがわかる。

同じことは平取の「萱野茂二風谷アイヌ資料館」についても言える。実際に使われた民具のコレクションも多いが、アイヌ刺繍を集めたコーナーは萱野さんの奥さんの禮子さんが各地の様式を再現して一針一針縫われたものだ。

知床博物館でオホーツク文化の遺物を見た。特異な形の土器など、色むらと汚れに生活感があるように思われて、使った人の姿が見えるようだ。

その人たちについてもっと知りたければ、網走のモヨロ貝塚館に行くといい。オホーツク人は、アイヌとも和人とも異なる人々だった。アザラシやトドを狩る一方で豚や犬を飼い、上から見て六角形の家を造り、屈した姿勢で死者を埋葬した。

彼らがいたのは三世紀から十三世紀までの間。常に海岸に近いところに住んで、内陸には入らなかった。

その由来については、カムチャツカとか沿海地方とか、たくさんの説が立てられたが、最新ではサハリンのニヴフ（ギリヤーク）人というのが定説になったらしい（菊池俊彦『オホーツクの古代史』）。

彼らこそが、今の日本国の領土に定住した最後の異人ではなかったか。北海道は辺境であると同時にもっと北の世界への先端でもあった。

我々の祖先は三つのルートから海を渡ってこの島々にやってきた。男も女もみな冒険心に富んだ人たちだった。

進取の気性だけでなく、何かに追われての苦難の旅だったのかもしれない。それでもここに安住の地を見つけて、後からも渡来する人々が加わって、さまざまな形質のモザイクのような「日本人」となった。

アイヌは初期に来た縄文人のうち、弥生文化を受け入れなかった人たちであるらしい。弥生人はたしかに一定数が朝鮮半島経由で来たけれど、それ以上に稲作文化によってそれまでの縄文人が生活様式を変えた部分も大きい。変化は漸進的なもので、決して単純な人種の交替ではなかった。

こういうことが北海道にいるとよく実感される。網走の高いところ、例えば天都山の上あたりから海を見ていると、向こうから渡ってくる人たちの舟が見えるような錯覚を覚える。あれは敵か味方か、対決か交易か。富や新しい生活文化をもたらしてくれるのか。

今のこの国の閉塞性に疲れた心が見せる幻影なのだろう。

（２０１６年４月）

伊藤整賞と北海道人の自覚

ぼくの伊藤整賞受賞は一九九四年である。芥川賞で作家と認められてから六年目。ぼくは帯広の生まれだが、六歳で上京して以来ずっと郷里に背を向けていたと言っていい。時に北海道を訪れることはあったけれど、それも雨竜沼とか、知床とか、サハリンへの足がかりとか、ほとんど観光のレベル。

帯広で生まれたのは戦争中で東京は連日の空襲だったので、それを避けるため父母が母の両親と妹の住む帯広に疎開したからだ。

両親は早くにぼくを置いて東京に戻り、ぼくがそれに続き、祖父が亡くなって叔母と祖母も首都圏に移った。帯広には誰もいなくなった。それが疎遠の理由だった。

しかし本来ぼくと北海道の縁はとても深いのだ。祖母は日高の静内の生まれだし、祖父も札幌生まれで、新渡戸稲造で知られた遠友夜学校に通っている。ぼくの中で北海道の血は相当に濃い。祖母の父など明治四年に日高に入植しているのだから、開拓の草分けと言っていい。

だが、そのことをぼくは知識としては知っていても、自覚的ではなかった。帯広の思い出を整理してメモにはしてあったが、そのまま放置しておいた。世界各地を転々としながら暮らす日々の出発点が北海道だったというだけ。

伊藤整賞を戴いたのは『楽しい終末』という終末論を巡るエッセーないし評論である。自分にとってはなかなか大事なテーマで、これを書いて（大げさに言えば）人類の希望をみんな塞いでしまったため、何年か小説が書けなくなった。

授賞式は六月だった。梅雨のない北海道の爽やかな季節だ。すみずみまで誠意に満ちた、虚飾のない、気持ちのいい進行だった。小川国夫さんにお目にかかったのも嬉しかった。さすが小樽で二次会は鮨屋。港町だから坂が多いのは母の郷里である神戸と同じと思った。

そういうこととは別に、ぼくがあの時に受け取ったいちばん大事なものは北海道の空気感ではなかったか。たぶん幼少時に全身で呼吸していたそれを身体が思い出したのだ。

初めて見た海は小樽の海である。正確に言えば小樽駅から札幌へ五駅目の銭函の海岸。夏だったし、一応は海水浴だった。小石を敷き詰めたような浜で、寄せてくる波が恐くてべそをかいたのを後々まで覚えていた。振り返ってみれば、海はぼくの人生でずいぶん大きな要素になったのだが、その出発点が銭函の浜。

たぶん授賞式の晩、小樽の夜の空気がぼくの心の深いところにあった何かを起動させたのだと思う。北海道という土地が、本気になって取り組む主題としてゆっくり育ち始めた。家族から聞いていた入植と開拓の波瀾に満ちた話、知識として知っていた（例えば松浦武四郎経由の）アイヌ受難史と『楽しい終末』で論じたアメリカの先住民の話など多くの要素が繫がった。曾祖父たちは日高でアイヌの人たちとどう付き合ったのか？　ニシン漁と一家の没落はどう関係していたのか？

主題が育つには時間がかかる。ぼくがこういうテーマをぜんぶ込めた長篇『静かな大地』を書き上げたのは二〇〇四年、つまり伊藤整賞の十年後だった。長い道を辿ってぼくは北海道に帰ってきた。そういう形で地方の賞である伊藤整賞を受け止めたのだ。大きな恩義であったと今になって改めて思う。

（2014年4月）

日本文学史の中の北海道

数年前から『日本文学全集』というものを一人で編集していて、それにつけてもこの国の文学史は長いと思った。『古事記』が書かれたのが西暦で七一二年。今からなんと千三百年の昔である。

ホメロスの叙事詩の成立は紀元前八世紀とされるけれど、古代ギリシャ語による文学は途中で絶えた。ラテン語にしても同じこと。イギリス文学は『カンタベリー物語』が十四世紀だし、ヨーロッパ各国はどこも似たようなものだ。すなわち一つの言語による文学として日本文学は中国文学やインド文学（サンスクリットではなくヒンディー語の文学）に次いで長い歴史を持っていることになる。

だが、北海道文学はそうではないのだ。先住民の口承文芸を別にすれば、北海道文学は、当然ながらこの地が北海道と呼ばれるようになってから生まれた。日本文学を日本語による文学と定義するならば北海道文学は北海道語で書かれたものということになるが、そういう言語はない。琉球・沖縄語の場合とは事情が異なる。

歴史が短いことが日本文学史の一部としての北海道文学史のおもしろいところである。ここには江戸時代以前がない。

帯広生まれのぼくは内地に行くと歴史地名の密度に圧倒されて息苦しくなる。とりわけ関西、河内や大和などでは『古事記』や『万葉集』に出てくる地名がぎっしりと並んでいる。石を投げれば歴史に当たるという感じで、ちょっと勘弁してほしいと思う。古墳の数だってとんでもないもので、全国で十六万基というのは今のコンビニの数（四万とか）よりはるかに多いが、北海道には江別などにごく僅かしかないし、時代もずっと後になる。墳丘墓であって古墳ではないという説もある。ここにいると古墳から、あるいは日本史の常識から、解放される。

　風景が違うのだ。だいたいが北海道の都市はやたらに道が広くて、建物の間が空いていて、全体ががらんとして、その分だけ空が広い。市街地を出ればなおさらで、二十キロメートルずっと真っ直ぐなどという道がある。そういう土地から内地に行けば密度が違うと感じるのは当然。

　そもそも我々の家系はこの地で何代まで遡ることができるか？　明治初期から百五十年として、一世代を二十五年として、精一杯で五、六代。それ以前はない。伝統も歴史も因襲もない。ただ茫々と原野が広がるばかり。この感覚が気持ちがいいのだ。

　京都人は何かと歴史を持ちだして顰蹙を買うことが多いとされている。よく言われるジョークに、来歴を問われて「いえいえ、うちなんどはもう戦（いくさ）の後どすから……」と謙遜する、その戦が先の大戦などではなく応仁の乱（一四六七年）だったりするのだ。だからと言って奈良の人が「うちは壬申の乱（六七二年）の後ですから……」とは言わないあたりが京都という土地のえぐみである。行かず後家になりかけた京女が大津からの結構な縁談を「東山が西に見えるようなとこ行きとない」と断ったという話もある。

こういう話、北海道には皆無なのだ。まったくない。「うちはシャクシャインの乱以来の家系」と言う者はアイヌもシャモ／シサムも含めていないだろう。文字を持っているから優れた文化ではなく、年代記を持っているから由緒ある家系でもない。そういうものと無縁なところにさっぱりとした北海道の歴史がある。

ここは植民地だった。すべてはこの事実から始まる。今の住民のほとんどは入植者である。集団で入った元下級武士、流刑囚、左遷されて戻れなかった官僚、食い詰めて、あるいは起死回生を夢見て移住した貧民たち。日本列島の余り者。そして侵略され土地と文化を奪われた側の先住民。

だいたい文学などやっている余裕はなかった。

開拓がいかに大変だったか知りたければ、例えば坂本直行の『開墾の記』を読めばわかる。彼は戦後の入植なのだがさんざ苦労して結局は耕地を放棄している。しかしそれが実はなかなか楽しい日々でもあったことは息子の坂本嵩の『原野の料理番』を読むとわかる。

生物学では津軽海峡にブラキストン線が引かれる。ここを境に北と南では生物の分布が異なる。向こう側にはヒグマも、エゾリスも、キタキツネも、ヤマゲラも、シマフクロウも、ギンザンマシコもいない。同じようにして、こちら側にしかない文学がある。

ウィリアム・フォークナーはもっぱらミシシッピ州を舞台にして小説を書いた。ここにヨクナパトーファ郡という架空の土地を作り、この仕掛けを自在に用いてたくさんの人間たちを動かした。同一人物がいくつもの話に登場し、ぜんたいとして時代をまたぐ物語群を成す。だから彼の作品の総称としてヨクナパトーファ・サーガという呼び名が使われる。

ここで彼の名を出したのは、彼が扱った時代が北海道文学史とけっこう重なっているからだ。我々がこの地で書いてきた小説をうまく選んで並べれば、多数の合作によるサーガができあがりはしないか。

『ポータブル・フォークナー』という本がある。彼が書いたたくさんの作品を編集して、つまり選んで並べて、これ一冊で彼の世界の全容がまずは知れるという形にしたもの。編者のマルカム・カウリーはとても優れた文芸評論家だった。難解と言われて読者がごく少なかったフォークナー文学を普及させるのにこの本は大きな力があった。これが刊行されたのが一九四六年で、その四年後に彼はノーベル賞を得ている。

この本の作品の配列が時代順なのだ。

最初に来るのが「裁き」という短篇で、これが一八二〇年ごとのこと。もともといたチッカソー・インディアンから土地を奪って、あるいはだまし取って、プランテーションを広げる白人たちの世代の話である。この後ずっと年を追って無数の話が書かれ、最後が一九五〇年代の「牢獄」という話で、これは『ある尼僧への鎮魂歌』という長篇の一部である。マルカム・カウリーはこの本のためにいくつもの長篇の要所々々を切り取って使っている。それが可能なほどサーガの空気は均質だと言ってもいい。長篇の一部を取るというこの技法をぼくは『日本文学全集』の編集でも応用した。蛮行のための勇気をここからもらった。

同じことを北海道文学を使ってできないかと夢想する。つまりこの大きな島の歴史、ここで生きて暮らした我等が祖先たちの日々を何人もの作家たちの作品の切り貼りで再構成する。

以下はぼくの無責任な夢想であって、実行する意思など毛頭ないことを承知で読んでいただきたいのだが（だいいち、ぼくは進行中の『ポータブル・フォークナー』の全訳というプロジェクトの一部を担うことになって四苦八苦しているのだ。ポータブルと言っても六百五十ページの大冊だし、そのうちの九十ページを担当するのは楽ではないのだ）、もしも実現すればなかなかおもしろい本になるのではないかとも思う。

例えば、フォークナーが十九世紀初頭の話として書いた部分に佐江衆一の『北の海明け』を据える。官寺の建立を幕府に命じられた禅僧が弟子を伴って蝦夷地に赴いて苦労する話。

その後を承けるのは上西晴治の『十勝平野』。明治から昭和にかけてのアイヌ三代の話だから歴史性は充分にある。それと平行してぼくの『静かな大地』の一部を入れてもいい。うちの一族は明治四年に淡路島から日高に入植した。これがフォークナーならば短篇「ウォッシュ」から「バーベナの匂い」（長篇『征服されない者』の一部）の時期に当たる。

どうせなら北海道からもう一歩先へ行ってしまおう。一九三〇年代初めの樺太。敷香に近い内川（ないかわ）という小さな集落で育つ麻子という少女の話。神沢利子の『流れのほとり』。樺太は気候風土だけでなく植民地という性格においても北海道の延長上にある。これを寒川光太郎の『サガレン風土記』で補うか。時代はフォークナーならば『八月の光』から取った「パーシー・グリム」という話の頃。

同じ時期の初山別。その鰊場の活気を描いたものに高村薫の『晴子情歌』の数十ページがある。プロレタリア文学の系譜に繋がる名作であり、労働の苦労以上に労働の喜びを書いた傑作である。

風土性の強い作家を並べていけばこのリストはまだまだ広がるだろう。原田康子の釧路は必須とか、フィクションでなくても佐々木譲の『武揚伝』の函館戦争や渡辺一史の『北の無人駅から』の一部は採りたいとか、一八八〇年代にヒグマを扱った作品はなかったかとか（ぼくはフォークナーの「熊」というあの傑作のことを考えているのだ。吉村昭の『羆嵐』の舞台は一九一〇年代の苫前町三毛別）、選ぶものは増えてゆく。それをまた厳選するのが楽しみ。

これは言ってみれば見立てという遊びである。AであるものをBと見なして相同と差異を楽しむ。北海道文学の架空のセレクションを『ポータブル・フォークナー』に見立てる。それが可能なくらい北海道の文学は、少なくともその一部は、内地の文学と異なっているということだ。

ここは植民地だと最初に言った。それは特殊なことではない。世界の国の大半は植民地という民族がらみの政治の二重構造を体験している。日本の本土のように二十世紀半ばまで異民族支配を知らずに済んできたところの方が例外なのだ。その意味で北海道は他の国々と同じものを共有しているが、我々はそれをしっかりと意識していない。今、その苦しみをとことん味わっているのは沖縄だと言えばぼくの意図は少しは伝わるだろうか。

一九五六年に来日したフォークナーは「我々は共に敗戦国の民だから」と言った。彼は自分を南北戦争に敗れた南部の者と意識していたのだ。北海道も百五十年かけて内地に敗れたのかもしれない。では改めて独立運動を始めようか。漢字を三つ並べた薩長政府指定の、東海道のもじりのような地名を捨ててエゾに戻すか、あるいはモシリとするか。札幌が心理的に東京に寄りすぎて（依りすぎて）いるならば、首都は帯広あたりにしてもいい。この島で食料は充分に自給できる。参考にすべきは内村鑑三の『デンマルク国の話』か、あるいはやはり『武揚伝』か。

こういう妄想が文学なのだ。

（2017年6月）

個人から神話へ――入口としての知里幸恵

今、知里幸恵という人物をわれわれはどう理解すればよいだろう。

まず時間の距離感のことを考えてみよう。彼女が亡くなったのが一九二二年の九月。ほぼ九十五年になる。これはさほど遠い昔ではない。

ぼくの母は一九二三年三月の生まれだった。つまり、知里幸恵が亡くなった時、母はその母の胎内にいたことになる。その母、すなわちぼくの祖母は一八九九年に日高の静内で生まれ、その四年後に幸恵が登別で生まれている。そう考えると幸恵はぼくの世代の者には祖母の年頃にあたるわけで、これは決して遠いとは言えない。

しかし祖母としての幸恵はいささか想像しがたい。彼女の印象はまず若さである。『アイヌ神謡集』を読む者は誰も、これが十九歳の少女の手になった著作であることに驚く。

早世はどこまで行っても幸恵につきまとう伝説である。自分の人生が十九歳で終わっていたら、自分はいったい何を残し得たかと自問して、まともな成果を提示できる者はいないだろう。二十一歳で亡くなったガロワ、二十歳で詩を書くのをやめてしまったランボー、また二篇の小説を残して二十歳で死んだラディゲ、二十四歳で他界した樋口一葉。例が少ないからこそこうやってリストが作れる。その列にぼくたちは知里幸恵という名を加える。

若くして大業を成した者とは、実はより大きな運命的な力によって任を与えられた者なのではないか。ガロワと群論、ランボーの詩集とラディゲの小説、『たけくらべ』と『十三夜』。どれも神々が彼らを通じて世に送り出したものではないか。神々の恩寵を受け、彼らの道具となる能力を天才と呼ぶのだ。神々は若い天才を愛し、大いなる任務を与え、それが終わると速やかに身近に呼び返す。

では、知里幸恵に『アイヌ神謡集』を書かせたのはいかなる神々だったのだろう。改めて考えてみると、この本の性格がいかにも一つの任務という感じなのだ。神々はこれを若い幸恵に与え、彼女はそれに十全に応えた。そして神々は濁世から天界に彼女を呼び戻した。彼女の生涯そのものが神話的であった。

なぜ任務か。第一にこれは創作ではなく翻訳である。つまり先行するテクストあっての仕事である。しかも先行テクストそのものも個人の創作ではなくアイヌ民族ぜんたいの共同作品であり、語り継ぎの長い歴史をもつ口承文芸である。それが彼女に託された。

アイヌの神々はこれをアイヌ語として記憶せよと彼女に命じたわけではない。それを命じられた者ならば他に多くいた。記憶ではなく記録せよという命だったとしても、さほどむずかしいことではなかっただろう。アイヌ社会そのものの存続が揺らいでいる時、口承文芸を記録に残すという考えが、一種の保険として出てくるのは当然である。アイヌ語テクストのローマ字化は進められざるを得ない。

幸恵がしなければならなかったのは、これを日本語に訳して、その価値を広く知らしめ、シサム（アイヌ以外の日本人）の側の関心を喚起してアイヌ文学の保全を図ることだった。

現代に伝わるアイヌ口承文芸のテクストは少なくない。実際にどれだけが消滅し、どれだけが残ったのかぼくは知らないが、それでもともかくこれだけは残った。その最初のきっかけとして、先駆として、まず知里幸恵の仕事があった。彼女がこれを残さずに逝ったとしたら、たとえば織田（おりた）ステノが謡ったテクストや、現在も進行中の萱野茂によるユカラの翻訳の仕事、その他おおくの努力はあり得ただろうか。

『アイヌ神謡集』に関して誰もが言うのは、これが日本語として美しいということだ。人はしばしば和訳とは外国語にかかわる仕事だと誤解する。相手方の言葉ができなければ和訳はできない。しかし、よい翻訳をするのに必要なのは原テクストを記した言葉の知識と同じくらいの日本語の能力である。この点を勘違いするから外国語学者による読むに耐えない翻訳が横行する。

そして、その点で、『アイヌ神謡集』はたしかに優れている。半ばは神話であり民話であるアイヌ語の内容を詩的な奥行きのある日本語に移すのはなかなかの難事で、しかもそれが日本文学で初めての試みだったのだからこの成功は特筆に価する。十九歳の少女がやったから讃えられるのではなく、誰が成したのであろうとこれだけの結果が出れば評価はおのずから高くなる。

翻訳者はアイヌ語をよく知り、日本語を書く能力に恵まれ、さらに当時のアイヌ文化と日本文化の関係を承知していた。書く能力は個人の才能とその人がそれまでに読んだ文章の総量の双方に比例する。だから若い者がよい文章を書くのはむずかしい。若い知里幸恵の場合は個人の才能の方がよほどたっぷりあったから優れた文業が成った。

言うまでもなく、『アイヌ神謡集』が成った根元には、アイヌの口承文芸そのものがたいへんに豊かだったということがある。知里幸恵が提供したのはほんのサンプル集であった。その後に日本語の読者に与えられたアイヌ文芸の総量にぼくは驚嘆する。しかもアイヌの人々は差別と抑圧に耐えて、文化と言葉を否定されながら、それでもこれだけの質と量の文芸を残したのだ。かつてぼくはある小説の中でアイヌの文芸についてこう書いた——

> 総じてアイヌは言葉の民である。
>
> 民族には得手不得手があるらしい。人でも、ある者は音楽に秀で、ある者は細工物がうまい。また芝居に長(た)けた者もいる。
>
> 民族もまた同じ。そしてアイヌの場合は言葉の力、ものがたる力が抜きんでていた。そうでなくてどうしてあれほどのユカラ、無数のウウェペケレ、さまざまな神や英雄や動物や美女や悪党の物語が残せるだろう。
>
> アイヌは大廈(たいか)高楼を造らず、芝居を演ずることなく、具象の絵を描かず、交響の楽を奏しなかった。それらはすべて言葉の建築、言葉の絵、言葉の楽となった。

これが信じがたいと思う者は、アイヌの総人口のことを考えていただきたい。北海道の大地が養い得たアイヌの数はたかだか数万である。自然そのものの生産量に一定の限界があり、それが人の数をも制限した。ではこれだけの限られた人数の中にいったいどれほどの文学的才能があったのか、それを考えてぼくは彼らを言葉の民と呼ぶのだ。

もちろん彼らの暮らしの型は優れて文芸向きだった。この方面に知的能力の多くを注ぐことができた。長い冬の夜を彼らはひたすら物語の創造と語りと伝承に用いた。物語を語るのは、録音テープを再生するような、あるいは印刷された本を機械的に朗読するような硬直した過程ではない。それは聞き手を巻き込んで集団で一つの創作をするような、あるいは優れた物語を何度となくしつこく推敲するような、生成的でダイナミックな時間を持つことである。

この文芸の参加者は互いに顔見知りであり、語り手は聞き手それぞれの性格と知識をそのまま創作の道具として用いることができた。熊の話については狩人の体験譚は素材として役に立ったし、下級の神の失敗話には集落の誰かの失敗がそのまま流用された。横恋慕の話を聞きながら、大人たちは隣りの村から流れてきたゴシップを思い出してひそかに笑ったことだろう。そうして物語は語られることによって成長する。まことに優れた創造の作業である。

このような口承文芸の資質を知里幸恵はよく理解していた。それは『アイヌ神謡集』の構成にも表れている。めでたい話と失敗譚が巧みに並べられている。読み進むうちにアイヌの人々の生活感と世界観がわかるしかけになっている。敢えて言えば生活と世界の間に距離がないのがかつての彼らの暮らしであった。

最初に来るのは「梟の神の自ら歌った謡」、言祝ぎの話である。高貴な家系なのに何かの理由で没落していた家族が梟の神の配慮で再び富貴の座に返り咲く。ことを終えて梟の神が家に帰ると、家には復興なったアイヌの家族からの供え物があふれていた。

……私の家は美しい御幣
美酒が一ぱいになっていました。
それで近い神、遠い神に
使者をたてて招待し、盛んな酒宴を
張りました。席上、神様たちへ
私は物語り、人間の村を訪問した時の
その村の状況、その出来事を詳しく話しますと
神様たちは大そう私をほめたてました。

（句読点は引用者による）

このようなめでたい話の後にいくつもの失敗の話、滑稽で尾籠な話が続く。先の話と「浜辺に犬どもの便所があって／大きな糞の山があります、／それを鯨だと私は思ったので／ありました。」というような話の落差は大きく、それが本に奥行きと厚みを与えている。

自然に対する畏怖の念と、善意には応報があるという因果律、逆に驕った者の身にふりかかる失敗。どれも自然の近くで暮らす者には必須の叡知である。まず自然があって初めて自分たちの暮らしがあるという当然の順序を子供たちはこれらの物語によって学んだ。人間を組み込

んだ自然観を養った。

今のように自分たちの生活の型をまず決めて、それを支えるために自然のあちらこちらを切り取ってくる時代からはこの謙譲の姿勢は理解しがたい。これが現代という時代が抱える最大の課題、最も危険な弱点なのであり、だからこそ『アイヌ神謡集』を今読むことに意味があるのだ。

知里幸恵は大きな知恵のシステムの入口である。そうなることを彼女は望み、それに成功した。彼女の短い生涯、利発で穏和な性格、また最後の日々に書き残したことなどはとても興味深いが、そこに留まる者は最終的な彼女のメッセージを見落とすことになる。

幸恵が言いたかったのは、自分は特殊ではなく普遍であるということだ。自分は一つの役割を与えられたアイヌの一人に過ぎない。また、アイヌの知恵もこの民族のみに関わる特殊なものではなく、自然の前で生きる人間すべてが共有すべき普遍のものである。

『アイヌ神謡集』を読む者は、いわば知里幸恵の肩越しに遠いアイヌ世界を見る。彼女という個人を通して広い神話の世界へ入ってゆく。今、幸い、アイヌ文学のテクストはたくさんある。聞くための言葉を回復する動きもある。たくさんの人々の努力がある。そして、それらの努力すべての出発点に、幸恵という小柄な少女が立っている。

この二十年でアイヌを巡る社会環境は大きく変わった。

彼らの地位を高めようという動きは、例えば札幌大学が二〇一〇年から実行しているウレシパという制度にも現れている。アイヌの子弟を別枠で入学させて授業料を負担し、その代わりにアイヌ文化についての授業の義務を課するというもので、卒業生たちは続々アイヌ文化振興の現場で力を発揮している。

諸国に比べて先住民行政に遅れをとっていた国もさすがに姿勢を変えて、国立アイヌ文化博物館（仮に「民族共生の象徴となる空間」と呼ばれている）の計画も具体化されつつある。

それでもまだアイヌの人々は平均収入においても学歴においてもシサムとの格差という問題を抱えている。

大事なのはアイヌが自分たちの文化に、ひいては自分たちの存在に、誇りを持つことである。「おお亡びゆくもの……それは今の私たちの名」と書いた知里幸恵の言葉を現実の場で押し返さなければならない。

（２０１７年７月）

北海道百五十年

北海道という行政地名ができて今年で百五十年であるという。

現在の日本国の領土の中でこれほど歴史の短いところは他にない。五百三十七万の道民のうちに四代前からここに住んだ人がどれだけいるか。先住のアイヌの民を別にして、われわれはみな移住者、はっきり言ってしまえば内地の困窮者や流刑囚の子孫である。

ぼくはそれを恥とは思わない。歴史と地理の条件がいいところにのうのうと暮らす豊かな内地の人々を横目で見て、道民は未知の気候風土に立ち向かって辛苦を重ねて原野を開いた。狩猟採集経済の地を農業や工業の経済の地にした（必ずしもそれが幸福を約束したわけではないとしても）。

日本国においてここは異質の土地であり、敢えて言えば植民地だった。われわれは植えられた民であった。東京の政府が宗主国というわけだ。いろいろ別扱いもあって、ある時期までは徴兵制の適用範囲外だった（だから夏目漱石はずっと岩内に籍を置いていた）。この別格の地という感覚をわれわれは普段は忘れている。

しかしぼくは関西などに旅行すると、目に入る地名の古さに圧倒される。河内や大和など、千三百年前の『古事記』の舞台がそのまま現代に重なっている。鉄道の駅名を見ているだけで息苦しくなる。中世まで日本史とはほとんど西日本の歴史であった。律令制下で最北の一宮は今の山形県飽海郡にある鳥海山大物忌神社だ。『おくのほそ道』で芭蕉は平泉から象潟へ抜けている。ここ以北には歌枕がなかった。つまり文化的に日本の域外だった。

では道民という意識と日本国民である意識はわれわれの中でどう重なっているか。それを知るのに今回募集された「十大ニュース」の結果はなかなか参考になる。

一位が「青函トンネル開通」。この背後には八位の「洞爺丸台風の来襲」のような惨事の記憶が控えている。実際、青函連絡船の乗換は面倒だった。だが、それはそれとして、これが一位になった裏には内地との一体化を願う思いが潜んではいないか。同じことは九位の「北海道新幹線開業」についても言える。北海道にとって新幹線は決して使い勝手のいいものではないとぼくは思うが、内地との一体感を強化してはくれる。

その裏返しが二位の「拓銀の破綻」だろう。植民地の銀行だからまっさきに見せしめとしてつぶされた、と道民は思わなかったか。北海道拓殖銀行という名がそもそも植民地的だった。

北海道自身の力で得た成果として四位の「札幌冬季五輪開催」は文句なしに輝いて見える。ヨーロッパ諸国に比してずっと南に位置するのに雪が多いという地の利を生かして、立派なオリンピックを実現した。後の長野のような財政の疑惑や残る負債の苦労もなかった。大倉山と宮の森のシャンツェは今も使われている。

中央対地方という構図を崩すのにスポーツはずいぶん大きな役割を果たしてきた。この分野では都道府県はどこも平等。三位が二〇〇四年甲子園の駒大苫小牧高の優勝なのもその表れだ。雪の時期にフィールドで練習ができないというハンディキャップを超えてだからなおさら。六位の「日本ハムの北海道移転」にも同じ効果がある。この頃にプロ野球の巨人軍一辺倒の時代が終わった。

戦争関係では十位に「ソ連の侵攻」が入っている。もともと蝦夷地の時代からロシアの脅威は切実だった。大陸との交易がアイヌの人々を潤した一方で、近代国家への帰属を表明しないかぎり北の隣国による植民地化の可能性はあった。北海道神宮が北東を向いているのは対ロシアの意識の故だという。

しかし、沖縄戦において一万名の北海道の兵士が亡くなったことを記憶する人は少ない。この数は戦場となった沖縄出身の兵に次いで二位なのだ。ここで植民地の兵を植民地へという東京大本営の意思が働いていなかったかどうか。内地に比べれば空襲の被害などは少なかったけれど、こういう形で北海道は戦争に関わった。

中央から見てここははずれという構図を捨てなければならない。そこに住む者にとってはそこが世界の中心なのだ。

今の世界で見るならば日本はずいぶん大きな国である。ついついアメリカや中国やロシアと比較しがちだが、ＥＵ加盟国には人口で日本を超える国はないし、面積でも日本より大きな国は三つしかない。

では仮に北海道を国として見たらどうか。今の世界で二百あまりあるとされる国々と比すると、北海道は百十五位に当たる。ほぼオーストリアと同じ。デンマークもスイスもオランダもベルギーも北海道より狭い。人口で言えば北海道はフィンランドやシンガポールと肩を並べる。食料自給率ではカロリーベースで都道府県中の第一位。自然エネルギーなどもまだまだ開発の余地がある。何よりも風土として特異な面が少なくない。それを生かして独立してしまったら、とまでは言わないが、いざとなればそれも可能ということは覚えておいていいだろう。地方であるとはそういうことなのだ。

（２０１８年1月）

三笠のアンモナイト

友人との会話の中で、三笠市立博物館のアンモナイトという話題が出た。これはすごいらしい。

アンモナイトは何千万年も前に地球の至るところにいた生物である。カタツムリのような形で、数センチのものからトラックのタイヤくらい大きなものまでが化石で出土する。

北海道は世界でも有数のアンモナイトの宝庫である。三笠市は地元から出た化石の豊富なコレクションに他の地のものも加えて立派な博物館を作ったらしい。

では見に行こう。札幌から道央道を五十キロほど、道道１１６号線を更(さら)に十キロ余り。思い立ったらすぐにも行ける距離だ。

展示は見事だった。広いホールに数十センチ級のものが居並び（体育館に間を置いて整然と坐(すわ)ったジャージー姿の高校生のようだ）、もっと小さな標本と学問的な説明のパネルなどを収めたケースが壁際を埋め尽くす。

壁に沿って一つ一つの標本や説明を見てゆく。時折は中の方に行って大きなものに見惚(みと)れる。

アンモナイトは形がいい。恐竜のように派手ではないけれど、丸くきれいにまとまって、無限の螺旋(らせん)が見る者の心を吸い込む。この基本形にさまざまな変化が加わる。

断面を見せてくれる標本があるが、これがまた息を呑(の)むように美しい。外から中へ無数の小部屋に分かれていて（気室という）、その隔壁が見事な文様を成す。対数螺旋に沿って一つまた一つと部屋を増築しながら育っていったことがよくわかる。

古生物学で言うと、シルル紀に現れて、白亜紀の終わりに絶滅した。ざっと四億年以上前に登場、六千五百万年ほど前に退場。もっとわかりやすく言えば、恐竜よりずっと前に繁栄を始め、巨大隕石の衝突で恐竜と共に消えたということになる。

進化が速くて形がさまざまに変化したから、地層の年代を推定するための示準化石として役に立つ。同じ地層から出た他の生物の化石の年代がわかる。

そういう説明を読みながら、多岐に亘る分類を辿りながら、目の前の一個の化石を見る。こいつはかつては生きていたのだ。今は石になっているけれど、浮力をコントロールして水の中に浮き、プランクトンを食べて育ち、生殖して子を産んだ。この一個にそういう生涯があった。生物と総称するけれど、基本は個体である。ぼくの人生があるように彼らにもそれぞれの運命があった。それが石となって一億年後のぼくの目の前にある。

時空を超える感慨の一方で、こいつらはうまかっただろうと、ぼくは現実的なことを考える。今の分類学で言えばアンモナイトは軟体動物門頭足綱に属する。つまりイカやタコの仲間だ。食えないはずがない。

鳥山明のコミック「Ｄｒ．スランプ」の中に、アラレちゃんたちがタイムスリップして古代の海岸に行ったところで、空豆タロウが「アンモナイトうめえ！」と言っているシーンがあった（と記憶するのだが、ぜんぶ読み返して探すのは容易ではない）。

海から遠く思われる三笠市の山の中からなぜ海に住むアンモナイトの化石が出るのか。我々が踏んでいる地面は見た目ほど不動ではない。百万年単位で見ればダイナミックに動いている。北海道の浦河（日高管内）からサハリンまでを縦に貫く蝦夷層群という地層は白亜紀には海底で、そこに堆積した生物の遺骸が化石になって出てくる。

同じ原理で有名なのがヒマラヤ。世界一の高山の連なりの中からアンモナイトなどが掘り出される。ぼくはアンナプルナの北側にあるムクティナートというところで（標高は富士山より高い）大きな化石がたくさん地面に転がっているのを見た。小さいのは地元の人たちが拾い集めてごく安い値で売っている。

丸い石の中にアンモナイトが一個きれいに入っているノジュールと呼ばれる標本。

昔々、インドは大きな島だった。それが北へ北へと移動してアジア大陸にぶつかり、その下に潜り込んだ。それで地面が押し上げられてできたのがヒマラヤ山脈。海底が高山になった。プレートテクトニクス理論はそう説明する。

蝦夷層群と言えば、最新最大の話題は「むかわ竜」だろう。むかわ町（胆振管内）穂別で出た恐竜の全身骨格の化石で、これは日本で初めてだそうだ。石の中から骨を取り出すクリーニングの作業にまだ何年かかかるらしいが、全貌が見えたら見に行こう。

（２０１８年１月）

敗軍の末裔

北海道という地名ができて今年で百五十年である。本格的に日本国に取り込まれてから百五十年。めでたくもあり、めでたくもなし。

アイヌが先住する広大な土地へ和人が大量に流入した。あるいは送り込まれた。上野で破れた幕臣や戊辰戦争の敗者、つまり下級武士だ。更には流刑囚、食い詰め者、貧しき農民、すべて恒産なき民だった。稲作をはじめとする日本古来の産業がないところで、よくこれだけの社会と経済を作ったと思う。今は住民の平均年収で四十七都道府県中の三十位。競うことにあまり意味はないとしても、重工業などがほとんどない土地で、新参者としてこれは立派なものだ。

このところ、子母澤寛（しもざわかん）の愛読者になっている。

一昔前の大衆作家である。代表作は『国定忠治』と『勝海舟』三部作。映画「座頭市」シリーズの原作者としても知られている。

彼が書いたのは侠客（きょうかく）であり、江戸時代の庶民であり、幕臣くずれだった。勝海舟にしても彼自身より破天荒で破滅的な性格の父の勝小吉の方に目が行く。

子母澤寛は北海道人である。明治二十五年（一八九二年）、石狩郡厚田村（現石狩市厚田区）で生まれた。函館商業、小樽商業、北海中学（いずれも旧制）など転校を重ね、卒業後に上京、明治大学に入った。

大事なのは彼が父母と疎遠で、祖父の梅谷十次郎（またの名を斎藤鉄太郎）に育てられたことだ。これがまた破天荒な人だった。もとは江戸の御家人で、彰義隊の一員として上野の山に立てこもったが、新政府軍の圧倒的な兵力を前にしてあえなく敗退。なんとか脱出して、職人すがたに身をやつし、艱難の果て仙台まで逃れた。

そこに榎本武揚が率いる幕府の軍艦がいたので、これに合流して箱館に行った。しかしここも負け戦で、明治二年には開城を余儀なくされる。生き延びた十次郎は江戸に帰る気にもなれず、新政府の募集に応じて六名の仲間と共に厚田村に入った。

開拓に従事したわけではない。鰊の漁場を与えられ、小商いをして、場のやん衆を相手の博奕にも関わったらしい。いずれにしても権勢を誇った明治新政府から最も遠いところで、江戸の文化を偲びながら暮らすことになった。

彰義隊の残党はみな数奇な運命を辿った、と子母澤寛は書く（以下はこの作家の見聞に創作が混じっているかもしれない）。

土肥庄次郎という男は幇間（たいこ持ち）になって松廼舎露八を名乗った。仮にも武士の身分から大きな変わりようだと思うが、それができたのが江戸文化の成熟ないし爛熟の姿だったのだろう。

脱落者、死んだ者を除いて、江戸の直参くずれが四人残った。一人は「踊は全くの玄人」で「料理が上手」、もう一人は「常磐津の名人」。彼らが厚田で静かに余生を過ごす。鉄太郎がしみじみこういう——

「おれは、この村のアイヌ達の人柄が滅法うれしくってね（中略）若しおのし達が江戸へけえるとの仰せなら、おれがたった一人で、アイヌ人達の仲間へ入れて貰って、草を敷きその上へ蓆のあの小屋へ一緒に住み、病気になったら枕元にイナウとかいう柳の木で拵えた御幣をたてて介抱をして貰って死ぬ気でいたよ。そしてやっぱり名も戒名もねえ石を、丘に置いて貰ってね」

この、ちょっと伝法な、気っ風のいい江戸弁が石狩湾に流れるところが子母澤寛の真骨頂である。意地と沽券と誇りとやせ我慢。敗者という運命をまっすぐ受け止める姿勢。八月十五日の後で日本人が敗戦を終戦と言い換えて勝者にすり寄ったのとはずいぶん違う。

子母澤寛はいつも負けた側に身を置いて小説を書いた。はみ出し者、博徒、侠客。そこでも筋を通すから読者の共感を得られた。そういうやくざ像は「座頭市」から「網走番外地」までだった。その後、日本は「仁義なき戦い」の時代に入った。

蝦夷三部作とされる「蝦夷物語」、「南へ向いた丘」、「厚田日記」は北海道人の一つの典型を示している。落ちぶれて、追い詰められて、前の時代の教養を保ちながら、それを捨てて先に行こうとする若い者を応援する。

北海道史の一つのよき情景である。

（2018年4月）

明治十年の気概

北海道という行政地名ができて今年で百五十年である。これをどう受け止めるか、達成と見なすか、あるいはせいぜいこんなものと冷ややかに見るか。日本国の新領土、別格の地であるだけに評価がむずかしい。

開拓という言葉を出してしまうと、それ以前の歴史を無視するようでどうも気が引ける。アイヌの居場所がなくなってしまう。

その一方、開拓の意欲と呼ぶべきものは我々の始祖の中にあったし、それが今の北海道を作ったことは明らかなのだ。使命感に鼓舞される喜びを想像してみよう。

さて、この先がむずかしい。ぼくは最初期の開拓の精神を思い出したいと思って記憶を辿（たど）るうちに、ある文章に思い至った。それが困ったことに自分が書いたものだった。それをここに引くのは我田引水・自己宣伝になってしまう。

だが、これが正に明治十年にこの地にいた若者の思いだったことも間違いない。だから、長い引用をお許しいただきたい。勢いが大事だからほぼそのまま載せる。これが我々の原点ではなかったか。

長篇小説『静かな大地』で、十五歳の主人公宗形三郎が郷里静内に残った弟志郎に宛てて書いた手紙の一節である。この時、彼は札幌の新しい学校に新入生として入学式に列席したところ――

いちばん広い教場に集まって、教官諸氏の挨拶や訓辞や、生徒代表の答礼演舌が行われた。

中でも私は首席教官橘隆介殿の言われたことに深い感銘を受けた。

橘殿が言われたのは、要約すれば、北海道は日本だと思うなということであった。

この理屈を志郎のために特に詳しく書くと、まず緯度というものがある。

地球を縦に貫く軸があって、この軸に従って地球は日に一度の割で回っており、これによって日夜の別が生じる。

この地軸に直角に地球を輪切りにすると、位置に応じて輪が生じる。

最も大きな輪が赤道で、このあたりが最も暑く、南北に進むにつれて輪は小さくなり、北極ならびに南極で輪は一点に帰する。

この、赤道からの離れ具合がすなわち緯度というものであって、これを南北それぞれに九十度に割る。

すると札幌は北緯四十三度に当たるのだが、これはアメリカで言えばボストンという都と同じということになって、このあたりがアメリカで最も栄えているところであると橘殿は言われた。

気候風土はまずもって緯度で決まり、農は気候風土で決まるものだ。

従って、農というものは南北に移しては駄目なのであって、東西にこそ移すべきものだ。

札幌を中心として広がる北海道の地にはやがてボストン周辺のごとき優れた農業が根付くはずであり、それを自分は期待する。

すなわち、諸君は内地の水田を基本とする農を忘れ、畑地に新しい作物を育てる新しい農学をアメリカに学んで実践し、なおかつ、牛、馬、豚、羊、鶏などなどを養う牧という新しい学業を盛り立てなければならない。

先ほど配った「本校の指針」を見て農を学ぶになぜ英学が要るかと諸君は怪しまれたであろうが、理由は明快、諸君が学ぶべきはアメリカの農だからである。

諸君はまことに長い両腕を持たねばならぬ、と橘先生は言われた。

今述べたように一方の腕はアメリカに届きて彼の地の農と牧をしっかりと学ばなければならぬし、もう一方の腕は未開の郷里にあって、樹林を伐り、畑地を開き、耕し、種を播き、豊かな収穫を得ねばならぬ。

その中間にあって両の腕を働かしめる頭脳がすなわちここ、開拓使直轄の札幌官園農業現術学校である。

冬の間に諸君が学ぶ学科には種々作物・整地と畝立て、播種と施肥・牧羊と牧牛・牛酪（バター）をはじめとする牛乳製品の製造法、等々の現術的なる学問の他に、三角法までを含む高等算術や物理学や星学、万国地理学などなど、すぐには役に立たぬと思われる学問もあるはずだ。

だが、一見するところ役に立たぬこれらの学問こそが、将来の諸君を決めるものである。

（引用ここまで）

さて、十五歳の少年の気概を百五十歳になった北海道人が振り返る。達成感と諦念とどちらが勝っているか。歴史とはなべてこの迷いの間にあるものかもしれない。

（2018年7月）

都から見た北の果て

先日、たまたま秋田県の横手に行く機会があった。

東京からの旅だったので、東北・秋田新幹線で大曲まで行って、奥羽線に乗り換える。それで三つめが横手なのだが、その途中に「後三年」という珍しい名の駅があった。

昔、歴史の授業で覚えた「前九年の役」と「後三年の役」という言葉を思い出したが、実体は何も覚えていない。

地名というもの、たいていは自然地理か（「乾いた大きな川」が語源ともいわれる札幌とか）、人文地理（「十日市」とか）に関わる。

「後三年の役」があったから「後三年駅」のように歴史事象を採るのは稀だ（その逆の地名から歴史へは「箱館戦争」などいくらでもあるけれど）。

これを機会に日本という文明の中心の側から東北と北海道を見てみようかと思った。

そもそも東北は単なる方角ではない。この呼称には東夷と北狄が入っている。古代中国人の世界観でいうところの塞外の野蛮人の居所。

日本では文明は西から東へ、そして北へと広がった。そのフロントに柵ないし城柵という言葉が現れる。今の新潟に設けられた渟足柵とか、村上市の磐舟柵とか。

これが七世紀半ばのことで、天皇ならば弘文から天武の頃、『古事記』完成の二世代ほど前という時期になる。大和朝廷の勢力が北上して、蝦夷（えみし、あるいはえぞ）と呼ばれる先住の人々の土地を征服＝収奪していったわけで、柵という点の支配が線になり面になった。

その先で、八世紀の終わりから九世紀にかけて、坂上田村麻呂が登場する。都から見ればいかにも蛮地征服の英雄であっただろうし、その勲功を証するために宿敵である阿弖流為（アテルイ）もまた英傑とされた。

宮沢賢治の詩、「原体剣舞連（はらたいけんばいれん）」にこういう一節がある――

むかし達谷（たった）の悪路王（あくろおう）
まっくらくらの二里の洞
わたるは夢と黒夜神（こくやじん）
首は刻まれ漬けられ
……

この悪路王が阿弖流為だったらしい。

さて、前九年・後三年の役は十一世紀だ。この戦いにはもう蝦夷は関わらない。この戦いで覇権は東北の清原氏から奥州藤原氏に移り、彼らが金鉱を見つけて平泉に華々しい文化が清衡・基衡・秀衡の三代続いた。しかしこれはすべて黄金があっての話で、建築なども京都のそれを移しただけのこと。新しい様式を生むには至らなかったし、短い栄華だった。

鎌倉時代になると和人の勢力は北へ広がり、それにつれて夷島（えぞがしま）と呼ばれた現北海道も中央政権の視野に入ってきた。安藤五郎が北条氏の代官として津軽に入り、以後この一族は十三湊（とさみなと）を拠点に後の北前船につながる交易を始めた。

夷島の人々、つまり今のアイヌの祖先も元気で、十三世紀には文化的に大きく進展し、サハリンへ出ていって、元朝の軍と渡り合っている。元が明になり清となってからも行き来は続いて、これが交易民族としてのアイヌを生んだ。江戸の人々は彼らを通じて清朝の官服などを手に入れ、蝦夷錦（えぞにしき）と呼んで珍重している。

やがて十三湊の安藤氏は利権を狙う南部氏に追われて夷島に移り、その配下の蠣崎（かきざき）氏が台頭して、松前藩を立てた。

注目すべきは、これらの動きの理由が常に物産だったことである。歴史はいつも経済から見なければならない。アイヌがサハリンで元朝の軍と戦ったのは、日本の社会が求めた鷲羽・鷹・テン皮・アザラシ皮・オットセイ・干鮭（からざけ）などの威信財を求めて北上、ニヴフ（ギリヤーク）の人々と衝突したからだった。

だから、アイヌは狩猟採集民であると同時に交易の民であったと見るべきなのだ。

松前藩の苛政と場所請負制度の弊害については今さら言うまでもないが、中央から見れば北の地はまずもって物産の地、資源の地であったことは覚えておいていい。

（２０１８年10月）

蠣崎波響の画業と生涯

まず初めに申し上げるが、これは今、北海道博物館で開かれている「夷酋列像（いしゅうれつぞう）―蝦夷地（えぞち）イメージをめぐる人・物・世界」という展覧会へのお誘いである。

大げさに言えば、およそ北海道人にしてこれを見ざるべけんや、というほどの充実ぶりだ。

「夷酋列像」は江戸時代の後期、西暦ならば十八世紀の終わり頃、当時の蝦夷地で描かれたアイヌの首長たちの肖像画のシリーズで、十二点のセットであった。

画家の名は蠣崎波響（かきざきはきょう）。松前藩の家臣で、後に家老を務めた人物である。さらに、絵の才能によって、また文人・教養人として、江戸や京都にまで広く知られた。

まずは絵を見よう。

首長たちはみな絢爛（けんらん）豪華な衣装をまとい、思い思いの姿勢で、表情も豊かに、威風堂々と画面に収まっている。

肖像画として見事であり、様式化とリアリズムがタブローの中で相争っていることが強烈な印象を生む。だから一点ごとの前に足を止め、呪縛されたように見入り、ぜんたいを見て細部を見てまたぜんたいを見ることを繰り返して、いつまでもその場を離れられない。十一名の首長たちとその一人の妻の姿に魅了される。例えば、超殺麻（チョウサマ）と呼ばれる人物の不敵な微笑に目を奪われない者がいるだろうか。

この一連の肖像画について、彼らの「表情と姿勢とが、一部族の代表者として、和人の大名たちのそれを遥かにしのぐ態の、威厳に満ちているのである」という証言がある。

これは中村真一郎の大著『蠣崎波響の生涯』にある言葉で、ぼくが初めて「夷酋列像」のうちの「贖穀」と「乙箇吐壱」の像を見て驚嘆したのもこの本の口絵であった。

また中村は波響が「アイヌ人を私たち同様な人間として認識し、その首長たちに大いなる敬意をはらっているという、喜ばしい人間観の所有者であるという事実を明示している」とも言う。

「夷酋列像」は江戸や京都で評判になって何組も模写が作られたが、時がたつうちにオリジナルは失われた。そのうちの十一点が見つかったのが、なんと遥かに遠いフランス南東部のブザンソンという町（スタンダールの生地だ）で、これが一九八四年のこと。

今回の展覧会では未だ行方不明の一点を除いて十一点が揃い、模写の十二点が居並ぶことで、めでたく全容に接することができる。

描かれた衣装や道具類、装身具など具体物の展示も行き届いていて、今これを見る者はいわばこの時代の雰囲気に特権的に浸れるわけだ（札幌での会期を終えた後は大阪の民博と千葉県の歴博での開催が決まっている。それほどの規模の展示なのだ）。

では蠣崎波響は実際にはどのようにアイヌの人々に接したのか。なぜ彼は敬意をもって首長たちを描くことができたのか。

彼が二十六歳の時、クナシリ・メナシの戦いが起こる。そもそも松前藩というのは稲作を経済の主軸としない異色の藩であった。この時期、彼らは地域ごとの産物を扱う利権を商人に貸与する場所請負制によって収入を確保していた。実際には借財がかさんで藩の財政は苦しかったらしい。

場所を請け負った商人は短期的に利潤を上げようと現地のアイヌを酷使する傾向にあり、クナシリとメナシに入った飛騨屋の場合はそれがとりわけひどかった。

一七八九年（寛政元年）、虐待に耐えかねたアイヌたちは反旗を翻し、飛騨屋の手先として働いていた和人七十一名を殺害した。松前藩は軍を送ってこれを抑え、蜂起したうちの三十七名を処刑した。この時、波響は二十六歳、出征したという説もあるが、実際には行っていなかったらしい。

大事なのは「夷酋列像」が騒動の収拾を図った首長たちをモデルにしていることである。波響は松前に来た彼ら数名をスケッチして、それをもとにアトリエで制作に当たったのだろう。他の人物については想像か。彼らが立派な姿に描かれたのには、論功行賞の意図があったかもしれない。

中年になって、波響は家老として藩の政治に携わると同時に、画家として傑作を次々に生み、更（さら）に江戸や京都に遊んで、菅茶山（かんちゃざん）や木村蒹葭堂（きむらけんかどう）など当代一流の文人たちと交遊している。波響の漢詩はとりわけ優れているわけではないが、彼が優雅な教養人であることは読み取れる。

彼の生涯最大の事業は、蝦夷地を追われて陸奥国伊達郡梁川に移封された松前藩を元の所領に戻すことだった。四十四歳から五十八歳までの壮年期がこれに費やされた。

おもしろいのは、絵の才能が逼迫（ひっぱく）した藩の財政を助けたというところだ。つまり彼は次々に絵を描いては売り、得た金を藩に投入したのだ。

これは一世代ほど後の武士にして画家、三河田原藩の渡辺崋山に似ている。彼もまた絵の才能を活用して財政に寄与した。絵の伎倆（ぎりょう）では崋山は波響に勝るかと思われるが。

それでは、アイヌの側からはこの人物はどう見えたか？　所詮（しょせん）は異民族支配の側、弾圧と収奪の側の元兇（げんきょう）だったのだろうか？　社会制度の上ではそうだったとしても、もしもモデルとなった首長たちに「夷酋列像」を見る機会があったら、彼らはそこに人間的な相互理解の姿勢を読み取りはしなかったか？

蠣崎波響、画家・教養人としては一流。政治家という身分では苦労の方が多かったと言える。早くに引退して画業に専念できれば幸福だっただろうに。

それでも彼の絵は今の時代まで残ってぼくたちの眼（め）を楽しませてくれる。誇り高くすっくと立ったアイヌの首長たちに会わせてくれる。

（２０１５年10月）

新法とウポポイ

ここ数日、一冊の写真集を何度となく開いて見ている。風景もあり、行事の写真や生活の場もあるけれど、多くは肖像。この人たちの顔がなんともいえずいいのだ。

たいていはまっすぐカメラを見ている。つまりこの本を開くあなたを見ている。私はこういう者であると静かな声で言うと同時に、あなたは誰かと問われているような気になる。この本を開く者は一個の人間としてこの人たちに対面せざるを得ない。彼らが堂々と胸を張っている以上、こちらも背筋を伸ばさざるを得ない。

そう、この人たちには誇りがある。糊塗(こと)と弁明に明け暮れる今の政治家たちに欠けている資質である。

この人たちが写真集に登場するには誇りが必要だった。カメラに向かい、名を名乗るにはある種の決意が必要だった（名は後ろの方のページにまとめて書いてある）。写真家への信頼があることは言うまでもない。

写真家の名は池田宏、写真集のタイトルは『ＡＩＮＵ』（リトルモア刊）。

かつてアイヌは出自を隠すのが普通だった。名乗る時は迫害を覚悟しなければならなかった。今だってその恐れはある。だが一方でそれを誇ってもいい雰囲気が醸成されたのも間違いない。ここに写った人たちのきりっとした気持ちのいい顔が世の変化を物語っている。変わったのは彼らではなく日本の社会の方だ。ようやくここまで来た。

たしかに日本は変わった。「旧土人保護法」が一九九七年に廃止され、アイヌを「民族」と認める新しい法律が出来た。しかしそこに先住権は書き込まれなかった。二〇一九年五月に施行された「アイヌ施策推進法」で初めてアイヌは先住民としての地位を得た。

それはめでたいことだ。アイヌと支援者たちの努力がこの保守反動の国を動かしたのだから。と喜ぶ一方で、このニュースがどれも「民族共生象徴空間（ウポポイ）」に絡めて報じられることをどう考えればいいのか。

数年前にそういうものが造られると聞いた時、違和感を覚えた。国が率先して予算を投入する巨大なテーマパーク。これをもって国が本気であることを万民に伝える。

ここでたくさんの人がアイヌ文化に接することができるのはよいだろう。この国に昔からアイヌという人たちが生きて暮らして文化を継承してきたことが伝わるのはいい。

しかしここは観光施設である。それが証拠に今から年間百万人の入場者などという数字が飛び交っている。所詮(しょせん)はお金の話。

ここが誠実に運営され、展示品も歌や踊りも真性なものであることをぼくは疑わない。だがこれがいわゆる「観光アイヌ」の延長上にあるのではないかという疑いも拭えないのだ。インバウンド産業に組み込まれることにはならないか。

かつて何が起こったのか、改めて考えてみよう。アイヌはちまちまと田や畑を作らず、狩猟採集と貿易で暮らした。大地はみなの共有のもので、土地の所有権という概念はなかった。そこにシサム＝シャモが来て、圧倒的な武力を背景にここはすべて無主地であるから、今後は自分たちのものであると宣言した。

シサム＝シャモの国家は、アイヌの土地を没収し、生業である漁業と狩猟を禁止し、入れ墨など固有の習慣を禁止し、日本語の使用を強制し、日本風の氏名を名乗るよう命じた。それを「保護」と呼んだ。

こういうことに対する謝罪と補償は今回の法律には含まれていない。

現行の国際法に照らし合わせて、アイヌの土地の没収は合法的だったか？　そうでないならば土地をアイヌに返すべきではないのか。そこまで含めての先住権の認定ではないか。

ぼくが極端なことを言っていると思われるかもしれないが、これは世界の潮流である。オーストラリアでは国土の四分の一が先住民に返還された（ぼくは北部のアーネムランドで先住民が所有し経営するキャンプに泊まったことがある）。

同じ動きは台湾でもカナダでもニュージーランドでもある。土地の所有権と資源権を返して、そこで生業が成り立つようにする。

手始めに、ウポポイの敷地をアイヌ協会のものにして、国が借地料を払うというのはいかがか。若いアイヌの奨学金の原資になる。

（２０１９年７月）

マンロー邸と新しいアイヌ史

遅い夏休みで占冠に近い林の中のホテルに行った。

本館の周囲にコテージが散在する。泊まったのはその一棟。朝、散歩をしているとウサギが出てきた。夕方の散歩でまた会った。このあたりに住んでいるらしい。その後でキツネが姿を現した。小さいからまだ子供なのだろう。

そして翌日の朝、なんとウサギとキツネが同時に出てきた。両者はしばらく見合ってから別れていった。その間は数メートル。二十メートルほど離れているぼくには気づかない。童話のような光景。

いい機会なので占冠から二風谷に降りてマンロー邸を見に行った。前から気になっていたのに未見だったのだ。林の中に立つ白い西洋館で、これも童話の中の一場面のようだ。非公開なのだが管理している北大に頼んで中を見せてもらった。

内部も十九世紀のイギリスの建物そのもの。マンローさんが図面を持っていて、地元の大工にこういう家を造れと言って、それが実現したのだろう。

ニール・ゴードン・マンローはスコットランド生まれ。医者にして考古学者・人類学者。一九三二年に六十九歳で二風谷に住みついてこの家を建てた。

アイヌについての文化人類学的な研究でたくさんの業績がある。彼の働きはアイヌの存在を歴史の上に確立するのに大きな力があった。

桑原千代子さんが書いた『わがマンロー伝』によれば意思の強い、行動的な、そしてその分だけ狷介（けんかい）な性格だったらしい。

二風谷と言えば、ぼくは萱野茂さんにずいぶん多くを教えられた。アイヌが準主役のような『静かな大地』を書く時には何度となく通ってアイヌ文化について助言を仰いだ。

アイヌの話題をもう一つ。

小野有五さんの新著『「新しいアイヌ学」のすすめ』（藤原書店）で長年の疑問が解消した。ことは北海道史の時代区分の呼称に関わる。

旧来の教科書に北海道の歴史は、縄文時代、続縄文時代、擦文時代、アイヌ時代、近代・現代、と書かれている。

では、続縄文時代と擦文時代を担ったのはアイヌではないのか？

小野さんの説は明快だ。続縄文時代も擦文時代も担い手はアイヌだった。

ぼくが歴史をチャート化してみれば――
1　大雑把（おおざっぱ）に二万年くらい前、最終氷期にシベリアからある人間集団が北海道に来た。彼らが話したのは「プロト・アイヌ語」（この部分は仮説）。
2　彼らは細石刃（さいせきじん）石器で大型動物を狩って暮らしたが、気候の変化で動物がいなくなったので、土器を用いてドングリなどを煮炊きすることで生き延びた。

3　生活は安定し、大集落を作るようになった。「石刃鏃（せきじんぞく）」文化を持つ人々が流入した。

4　西と南から日本列島に来た「南方系縄文文化」が北海道にも到達して、その影響で「プロト・アイヌ語」は「古アイヌ語」に変わった。

5　二千九百年くらい前に朝鮮半島経由で「プロト日本語」を話す人々が本州にやってきて「弥生文化」をもたらした。しかし稲作は気候のゆえに北海道までは来なかった。

6　「古アイヌ語」を話す人々は三世紀ごろから鉄を求めて東北地方の北部に進出、五世紀ごろまで住んで多くのアイヌ語地名を残した。

7　彼らは大和朝廷の勢力に追われて北海道に戻った。これによって「ヤマト文化」が北海道にも伝わり、「擦文アイヌ文化」が形成された。

8　八世紀ごろを頂点に、北海道のアイヌ語を話す人々は到来した「オホーツク人」と接触して文化的な影響を受けた。

結論　最終氷河期以来、多少の出入りはあっても北海道に住む人間集団の入れ替わりはなかった。

この歩みはある程度までミトコンドリアＤＮＡの解析によって裏付けられている。

学説は時に硬直する。例えば日本では、マルクス主義の影響下に作られた地向斜造山論が邪魔をしたために、プレートテクトニクスの受容が欧米より十年遅れた。「続縄文文化」や「擦文文化」という用語にも何かイデオロギーが感じられる。

ぼくには実はこのチャートに小さな異論がある。

龜山（かめやま）勝さんの『安曇族と徐福』（龍鳳書房）という本の受け売りなのだが、二九〇〇年前に朝鮮半島経由で稲作民が来たというが、その時期の航海技術では黒潮の流れの速い対馬海峡は渡れなかった。何度も実験が行われたがどれも失敗している。
弥生人は半島ではなく大陸から直接来たと考えた方がいいのではないか。

（2022年10月）

札幌の空・世界の空——松江泰治『JP-01 SPK』に寄せて

空の視点ということをしばしば考えたのは山に行っていた頃だ。

登山というほどでもないけれど、一定の肉体的苦労を経て頂上に至ると達成感が得られる。その中身を分析してみれば——

第一に、自分はこの山に登った、大げさに言えば征服したというのがあり、

第二に、これ以上は登らなくていい、という安心があり、

第三に、高いところから広い景色が見られるという視覚の喜びがある。

その他にも汗をかいた身体に心地よい微風とか、弁当への期待、遥か下の登山者を見下ろして「まだまだ先は長いよ」と心中ひそかに声を掛ける優越感などがあるのだが、それはまあ大したことではない。

ぼくにとっていちばん大事なのは眼下に広がる光景だった。もともとが視覚に頼ることの多い性格だから、目に見えるものはすべて嬉しいのだ。

山頂の視点には世界と自分の位置関係を明らかにしてくれるという大きな利点がある。世界はこう広がっており、自分はその中のこの位置に立っていると認識することで何か存在の安心のような満足が得られる。それが燧ヶ岳(ひうちがたけ)から尾瀬沼を見下ろす快感の理由であり、雨飾山(あまかざりやま)から日本海を遠望する感動の理由でもある。

だが、高い視点が欲しいと心から熱望するのは迷った時だ。どこかで分岐を選び間違えて違う谷筋に入ってしまった。なんとかなると強引に歩いている間にいよいよ事態は昏迷。どの尾根に登るのが正しい帰路に通じるか判らない。そういう時に上空に輪を描いて舞うタカの姿が見える。あの位置からならば下山のルートだって一目瞭然なのに、と妬ましく思う。トンビには下山の必要もないのだが。

四十年近い昔、ギリシャに住んでいた頃、サントリニ島の山の中で道に迷った。修道院に行こうとして山道を歩いていたのだが、木の少ない禿げ山で道は日の光を浴びて目の前にくっきりと見えていた。何の不安もなく辿ってゆくと、その道が断崖の途中でいきなり途切れた。どこかで間違えたと気付いて戻るのだが、錯誤のポイントがわからないまま登り口まで戻ってしまって、戻ってまた同じことを繰り返した。

この場合、正しい道はある地点から急角度で左上後ろに折れていて、正面にまっすぐ誘惑的に続いていたのはヤギの踏み跡だった。奴らは断崖でも平気で越えて行くが人間には無理。キツネにつままれるという表現はギリシャ語にはないが、それに近い困惑。正にトンビの視点が欲しいところだった。

人は高いところから下界を見下ろして地図のとおりだと言う。それは話が逆で、地形のとおりに作られたのが地図なのだが。

上空の視点は特権かもしれない。

この写真集を見ていて改めてそう思った。

地上にいる者には上からの視線を躱すすべがない。それはつまり神の視点ということで、だから神は全知なのだし、人は神に見られていることを意識してふるまいを律するようになった。

そこまでは道義に適ったことだったが、近年になって人間は不遜にも神の役割を横取りするようになり、上空に特権的な視点を用意して自分たちの利己的な目的に用いている。

今、先進国は無人の偵察機や攻撃機を自分勝手に敵と決めた国の空に飛ばしている。ゆっくりと長時間に亘って静かに飛行して情報を集め、時には攻撃する。操縦者ははるか遠いところにいて決して傷つくことがない。その日の勤務が終われば家族の待つ家に帰ってゆく。現代では破壊の神は家庭人であるらしい。

国土地理院のサイトに行くと、実測をしなくても特定の位置の緯度と経度が精密にわかる。ぼくの家の座標が秒以下二桁まで表示される。誤差は一メートルもない。無人攻撃機にその座標を教えればぼくのこの小さな机を目がけてミサイルがまっすぐ飛来する。向かいのマンションの窓からライフルで撃たれるのと同じ。これもまた空の視点の応用問題だ。

しかしまあ、そういうことは考えないで、今はこの写真に見とれよう。

この場合、ぼくには普通の読者より少しだけ有利な点がある。札幌に住んでいるから見覚えのある光景が少なくないのだ。

例えばモエレ沼公園。イサム・ノグチが設計したこの大きな公園はその広さと、施設の配置、なかんづく品のいい配色の遊具でそれとわかる。

真駒内の地下鉄の車両基地も一目瞭然。左の野原にヘリが降りているのはここが陸上自衛隊の駐屯地だからだ。

苗穂のＪＲ北海道の左端にはＳＬが見え、その他の列車はまるで鉄道模型のよう……というのも地図と大地の場合と同じ論理の逆転だろう。

これを見て思いだしたのはストックホルムの上空を熱気球で横断した時のことだ。あの時も本物の鉄道を模型みたいと思って見ながら、話が逆だと気付いて密かに笑った。熱気球はバーナーを焚かないかぎり静謐なもので地上の音や匂いがよく上がってくる。生活感がそのまま伝わる。映画で言えば、「ベルリン　天使の詩」のあの天使になったような気分。

まったく同じ構図で季節が違う写真が一組あって、ヘリから撮っているはずなのによくもここまで同じ位置から同じ視覚で撮影ができたと感心してよく見ると、これは藻岩山の上、揺るぎない大地にカメラを据えてのものだった。定点観測なのだ。

ヘリからの撮影はおもしろい。ぼくはハワイでやった時は地上の目標ではなく航行中の船を追ってのことだったから、ぎらぎら光る逆光の海上で相手を見つけるのに苦労した。もう時間ぎりぎりという時になってやっと発見、すぐに降下して撮ることができた。撮影目的だからヘリは離陸前にドアは外してしまい、その代わりに四点ハーネスのシートベルトの金具はテープでぐるぐる巻きにして絶対に外れないようにしてあった。

この写真を見ながら木を愛でる。シラカバのように見えたのは、もっと標高の高いところに生えるダケカンバだ。北大の植物園の木々はこの本を持って現地に行けば一本ずつ同定もできそう。

こういう視覚的体験をしながらぼくたちは何をやっているのだろう？

話はいきなり古代の日本に飛ぶけれど、『古事記』や『万葉集』の時代には「国見」という儀式ないし行事があった。

春、種まきの季節になると人々は日を決めて集って近くの山に向かう。おそらくは食べ物や飲み物を携えて行ったことだろう。高いところから自分たちの田や畑を見下ろして、そのさまを讃える。こんなよい土地を持った自分たちは果報者であると喜び、その年の豊作を祈願する。文化人類学では予祝と呼ぶ。

後にこれは首長の責務になり、それに際して歌が詠まれた。例えばヤマトタケルの辞世の歌として有名な――

（原文）
倭は　国のまほろば
たたなづく　青垣
山隠れる　倭しうるはし

（読み）
やまとは　くにのまほろば
たたなづく　あをがき
やまこもれる　やまとしうるはし

（訳）
大和は囲まれた国、山々は青い垣のように居並び、
その山々に守られて大和はうるわしい国。

は実は別の機会に読まれた国見の歌がストーリーのここに嵌め込まれたのだという。
見ることは誉めること、高いところから自分たちの土地を見るのは賛美であり祝福なのだ。
そう教えられて初めて、この写真集の隠された意味がわかった。

（2014年8月）

国際芸術祭とは何か

まだ暑い中、「瀬戸内国際芸術祭２０１９」に行ってきた。

この催しは今期で四回目。ぼくは何度も足を運んでいる。常設として残る作品が多いから会期と会期の間に行っても見るものは少なくない。

それでつい思い出すのが二年前の「札幌国際芸術祭２０１７」のことだ。あれは何だったのだろう。いくつかの会場を巡ったが、その記憶はまるで花火大会のよう。それ以上のものが残っていない。

半世紀くらい前からか、芸術のありようが変わり始めた。アトリエで作られた絵や彫刻を画商が売る。古い名作がオークションに掛けられる。最終的には制作の場とは無縁なところに展示される。こういう制度への反抗が生まれた。

美術館の真っ白な壁に、あるいは裕福な人の私邸の一角に置かれた作品にはいわば根がない。背景や履歴のない作品はホワイトキューブ（白い立方体）と呼ばれる。

それに対して、芸術はもっと地域性を取り込むべきだという主張がアーティストの側から起こり、それを実現する場として新しい形の芸術祭が企画されるようになった。

具体的な例として瀬戸内国際芸術祭を見てみよう。作品が展示されるのは大都市ではなく瀬戸内海の島々。過疎の離島だから当然ながら行き来は不便である。

準備には何年も掛かった。アートのことなど何も知らない島のお年寄りと話す場を何度となく作り、海外を含む多くのアーティストに出展を呼びかける。

その際、この島々がどういう土地であるかを詳しく伝える。

島は海で隔離されている。それを外部の人間は利用してきた。悪用と言うべき場合もあった。豊島（てしま）は産業廃棄物の処分場にされ、犬島には精錬所が置かれ、大島にはハンセン病患者とされた人々が幽閉された。

そういう負の歴史を負った作品が島にもたらされた。その負を正に変える。

船でしか行けない瀬戸内の島の会場まで人が来るか。この懸念はあっけなく引っ繰り返された。二〇一〇年の第一回、予想をはるかに上回る九十四万人が押し寄せたのだ。行き来の船は満杯、島では昼食の材料が底をついた。それほど人は来た。

その後も二〇一三年、二〇一六年と回を重ね、今年は四回目。総合ディレクターの北川フラムは、作品は神社に似ていると言う。土地の力を求めて人は参拝するのだ。

人はアートを求めている。鑑賞可能な一点ではなく、その地の地形と風光と来歴を反映した作品を。だから多くが会期の後もそのまま常設展示として残される。

今回からの新作ならば大島に造られた鴻池朋子の「リングワンデルング」がよい例だ。かつて島を出ることを許されなかった人々が開いた山一周の遊歩道を再開して、その途中に牛の革を素材にした大きな絵を掲げる。汗まみれで山を歩かないと見られない。

札幌国際芸術祭はなぜ花火大会だったのか。トップダウンばかりでボトムアップがなかったという意見がある。たぶんそうなのだろう。札幌で動いたのはボランティアの人たちだったが、瀬戸内ではサポーターと呼ばれる若者たちが活躍している。海外からも何百人もが手弁当で参加して身を粉にして働く。この「こえび隊」なくして展示も観客の誘導もなし得ない。

土地に根付くアートが札幌にないわけではない。

いちばんいい例がモエレ沼公園だ。もともとは沼地。そこに塵芥を投入して地面に仕立て、世界的なアーティストであるイサム・ノグチを招聘した。彼はフラットな広い土地を提供されて喜んだことだろう。生涯最後の大きな仕事としてここのプランを作った。その成果をぼくたちは今も、これからも、享受できる（彼の作として大通公園のブラック・スライド・マントラも忘れてはならないが）。

イサム・ノグチはどこで制作するにもその土地の性格を作品に組み込んだ。国際人だったから足跡は世界各地に広がっている。ニューヨークにもパリにも東京にも作品は残っている。彫刻家は建築家でもあった。

瀬戸内国際芸術祭は島々を変えた。過疎化が進んでいた島に人が帰ってくるようになった。二〇一〇年に人口が百人だった男木島が今は百五十人。去年は四人の子が生まれ、インフラの整備が整って移住できる日を待っている人が五十人とか。

アートには社会を変える力がある。

（２０１９年10月）

「驚異の部屋」漫談

札幌の道立近代美術館（近美）の企画展「北海道151年のヴンダーカンマー」に足を運んだ。

「ヴンダーカンマー」はドイツ語で「驚異の部屋」という意味である。かつて王侯貴族やブルジョワが世界各地の珍品を集めて一室に展示、客を呼んで見せびらかしたことに由来する。これが学問的に整備され系統づけられると近代的な博物館になる。

その前身だから、ぜんたいに雑然としてガラクタ感が強い。骨董（こっとう）とまで行かず、まあ高級な古道具屋の倉庫のよう。

今回の近美の展示は五つに分かれている。

「北海道」は開拓初期の写真や絵、民具など。

「学問」は自然科学系の実験器具や計測器、動物・植物・鉱物の標本さまざま（たとえばラッコの剥製とか「内村鑑三のアワビ標本」とか）など。中には病変した皮膚の実寸の模型などもある。

「炭鉱」は採掘の道具が主で、坑内実測図などもある。夕張の石炭博物館で見たものが多かった。

「鉄道」は機関車の図面や銘板、列車のヘッドマーク、器具類、写真、ＳＬの大きな模型など。

最後の「祝祭」はもっぱら札幌冬季オリンピックだが、中には明治二十五年の「札幌市中嶋遊園北海道物産共進会会場之図」などというおもしろいものもある。

期待どおりのガラクタ感だった。とりわけ「学問」のパートが楽しいのは、ここが「驚異の部屋」本来の姿に最も近いからだろう。

西洋の「驚異の部屋」のきっかけは大航海時代である。ヨーロッパ人は世界中に船を送り出して、自分のところにはない珍しいモノをたくさん持ち帰った。それが取引されて個人コレクションになっていった。この流れは十九世紀まで続いた。ダーウィンの進化論普及の共闘者として知られるアルフレッド・ウォレスは若い頃、南米や東南アジアで昆虫などを採取して標本に仕立て、それをイギリスのコレクターに売って生計を立てていた。マレー半島では十二万点以上の昆虫標本を集め、そのうちの一千点が新種であったという。

「ヴンダーカンマー」はドイツ語だが、この分野はやはりイギリスがおもしろい。彼らはスペイン、オランダに次いで世界の覇者となり、七つの海に雄飛した。そして行く先々から目に付くかぎりのガラクタを持ち帰った。いちばん立派なものを集めたのが大英博物館だが、もっと小さな博物館がいくつもある。

ロンドンに近いのはダルウィッチのホーニマン博物館というところ。フレデリック・ホーニマンという貿易商が集めたものが主体で、生物の標本が多い。ドードーという、もう絶滅してどこにもいない鳥の剥製が美しくて悲しい。『不思議の国のアリス』の挿絵にあるあの飛べない大きな鳥だ。

オックスフォードの自然史博物館の奥にもう一つ、ピット・リヴァーズ博物館と呼ばれる別館がある。ここでぼくは「魔女を封じ込めた小瓶」という展示物を見た。開けたらいったいどうなるのか？

裕福な人のコレクションがすべて道楽とはかぎらない。たとえ私費で集めようと基本方針がしっかりしていればそれは「驚異の部屋」ではなく本格的な博物館になる。

渋沢敬三は渋沢栄一の孫。日本銀行総裁を務めた財界人であり、民間から起用された最初の大蔵大臣であった。その一方でこの人は優れた民俗学の徒でもあった。自ら論文を書くのではなく、研究者を組織して資金を出すパトロン型。宮本常一は長く渋沢家の食客だった。ここを起点に全国を旅した。

渋沢はもっぱら生産現場の民具を集め、そのコレクションを「アチック・ミューゼアム」と呼んだ。「屋根裏の博物館」の意である。

中学生の時、ぼくは東京の練馬に住んでいた。同級生の誰かがおもしろいところがあるので行こうと言った。雨の土曜の午後、行った先は倉庫のような建物で、中には民具が雑然と積み上げてあった。

何十年もたってからわかったのだが、これが戦火を避けて三田の渋沢邸から疎開した「アチック・ミューゼアム」だった。後に大阪の国立民族学博物館に収められ、ぼくは久しぶりに再会して感激した。

ぼく自身にはコレクション趣味はまったくない。それでも学生時代に使っていた計算尺とか、祖父のものだった折りたたみ式の眼鏡のフレームとか、捨てられないモノはいくつかある。その他、ロゼッタ・ストーンや薬師如来など大きなものは博物館に預けてある。行けばいつでも見られるし、保管や警備の手間も要らない。

（2020年3月）

北海道のエネルギー事情

それは実に奇妙な光景だった。

場所は真冬の倶知安町。体育館に机や椅子が置かれ、外から人々が入ってくる。この人たちは普通の服装。机の周囲には真っ白の服に身を包んだ職員がいて、入ってきた人たちを一人ずつ迎える。

一見したところ選挙の投票所によく似ているが、人々は投票するのではなく身体に放射性物質がついていないか検査を受けるのだ。職員の白い服は放射能防護服である。

人々は「北海道原子力防災訓練」に参加した避難民であり、この身体の検査に先立って彼らを運んできたバスの検査があった。除染と言ってもバス全体を洗うのではなく、車体を測定器で丹念に調べて、数値の高いところだけ水洗する。人の身体の方はその部分をウェットティシューで拭う。放射性の微粒子の付着を考えているのだろう。

ここから三十キロ近く離れた泊原発で事故が起こって放射性物質が漏れ出したという想定。住民の避難が主軸の訓練で、この簡易除染はその一部。道が主導して自衛隊が協力、十三の町村が参加する大がかりなものだ。厳冬期というところが今回の要点で、これは初めてのことらしい。

訓練はもちろん大事。その一方で、こんなことまでしなくてはならないのかとも思った。参加者は日常生活を中断し、家を出て、バスに乗せられ、遠くまで運ばれ、待たされ、検査される。そういう訓練が年に何度もある。本当にご苦労さま。参加者を動かしているのは事故の恐怖だろうか。

泊村は原発で潤っているが、参加させられるだけの周辺自治体も多い。原発というのはなんとも厄介なものだ。ぼくは二十五年前から原子力は人間の手には負えないと言ってきた。今回はその思いをとりあえず封じて取材したのだが、どうも結論は変わらないようだ。

この訓練の前日、北電が泊村に造った「とまりん館」というPR施設を見学した。第一印象はずいぶんお金を掛けたなということ。二〇一一年の福島の大事故後でもまだ原発を動かしたいという北電の必死感が伝わる（ここの建設費・運営費はどういうお金なのだろう？）。

見ていって、道民に安全を納得させる論理に欠落があると思った。福島第一原子力発電所は、電源の喪失、冷却機能の喪失、炉心の損傷、格納容器の破損、水素爆発、放射性物質の放出、という順序で重大事故に至った。この各段階に対して泊ではこういう対策を用意した、というのが北電の論法である。

しかし次の事故が福島第一と同じシナリオをたどるとは限らない。思いがけないから、想定外だから事故なのだ。結果が福島程度で済むとも限らない。

なぜ電力業界は、自民党政権は、今も原発にしがみつくのだろう？

車に喩えてみよう。福島第一で起こったのは、欠陥車をそれと承知で乗り回し、不注意きわまる運転をして、そこに不幸な偶然が重なって、とんでもない事故を起こしたということだ。正常な倫理観の持ち主ならばここで恥じ入って運転免許証を返上するだろう。少しコストが増すと言っても他の交通手段はあるのだから。だが営利を目的とする企業の倫理観は違うらしい。

この六年近く、北海道は原発の電力を欠いたままでやってきた。二百万キロワット、需要の四割を担うという泊原発は実は不要だった。

北海道は広くて人口密度が低く、自然エネルギーにとって有利な土地だ。世界にはすでに全電力の五十六％を再生可能エネルギーでまかなうデンマークのような国もある。

ちなみにデンマークの人口は北海道とほぼ同じ、面積は約半分で、住民一人あたりの所得は逆に倍ほど。

国の運営の柔軟性ということを考えた。ことを決めるポジションにどれだけ若い人や女性がいるかが大事だ。日本の電力業界は既得権益に縛られて硬直している。国はこういうところから老いてゆく。

エネルギー資源という視点から見ると泊は興味深いところだ。北海道で初の炭坑はここの茅沼炭坑だった。採掘開始がなんと安政四年（一八五七年）、明治維新の十年以上前なのだ。それから百年以上採炭は続いた。

泊の隣の岩内にある岩内町郷土館へ行ってみた。ここには北海道初の水力発電所もあったという。有志が資金を出して完成したのが明治三十九年のこと。出力百二十キロワットは立派なものだ。百ワットの電球千二百個が光を放つ。

館長の坂井弘治さんに昔のことをいろいろ伺った。なぜ泊に原発ができたかという話がおもしろかった。もともとここの漁協は原発に反対だった。遠洋漁業で景気がよかったからそんなものいらないと言っていた。北電には説得の手段がなかった。しかし一九七七年、排他的経済水域（いわゆる二百海里）が施行され、日本の漁業は大きく変わった。泊の漁協は補償金と引き替えに原発を受け入れることにした。

歴史はこのように繋がっている。四十年前に魚が捕れなくなった果てに、先日の吹雪の中の避難訓練がある。途中に福島の大事故。では、この先、北海道のエネルギー事情にはどんな展開が待っているのだろう。

（2018年3月）

地震と停電

あの大きな地震から十七日が過ぎた。

改めて経過を思い出してみよう。

九月四日の夜から翌朝にかけて、台風21号の強風が吹き荒れた。これも天災で、結構な被害が出た。

翌日、晴れたのでぼくは午後を待って円山公園に行ってみた。折れたり大きな枝が落ちたりした木が多く、毟(むし)られた葉の匂いが空気中に充満していた。空は典型的な台風一過の青空。

その十二時間後、午前三時八分、地震で目が覚めた。どこまで大きくなるかと身構えているうち、だいぶ激しくなったところでなんとか収まった。ぼくは二〇一一年四月七日の深夜、仙台にいて東日本大震災の大きな余震を体験している。それが震度六強だったが、今回はあれほどの規模ではない。実際、床に積んだ本の山が崩れたくらいで済んだ。

そしてすぐに停電。

これも深刻ではなかった。照明にはＬＥＤの懐中電灯があり、調理にはカセットコンロがあり、携帯電話の充電は車でできる。一戸建てなのでエレベーターの心配もない。長引けば冷蔵庫の中身が心配というくらい。

同じ札幌でも地域によって揺れかたが違って、白石区の友人のところは本棚が倒れ、大きな重い家具が動いたという。清田区は液状化現象でひどいことになった。

震源地の厚真のあたりは本当に大変だった。飛行機からの写真を見ると、連なる山々がみんな地滑りを起こして赤い山肌が露出している。表土のすぐ下に軽石の層があって、それが台風の雨で水を含み、表層雪崩のような現象が起こったらしい。人が亡くなり家が壊れた。お気の毒なことである。

地震は天災だが、停電は人災である。

全道ブラックアウトは前代未聞。完全復帰まで当初は一週間と伝えられた。日本は停電が少ないと電力会社は威張っていたが、それもここまで。

全道停電の原因は震源地に近い苫東厚真(とまとうあつま)火力発電所の三基の発電機が壊れたことで、ここが地震の時の電力需要の48％を担っていた。残りは他の数か所の発電所が受け持っていたのだが、絶対量が不足してやりくりがつかなくなった。停電を地域に押さえ込めず、供給はゼロになった。

普通の故障は同時多発しない。だから三基あれば一基が壊れても大丈夫と北電は思ったのだろうが、自然災害はぜんぶまとめて壊す。それを想定外というのは考えが甘い。

東日本大震災の時に首都圏で電力が不足したのは、東京電力が大井、五井、富津、東扇島など、発電所を東京湾の周辺に集中させていたのが一因だと言われる。福島第一原子力発電所も狭いところに四基もあったからすべて壊れた。

今回、不幸中の幸いは季節が夏だったことだ。これが厳冬期だったならば、道民はとても辛い思いをしたはずだ。今の暖房機はヒートポンプ式のエアコンはもちろん、灯油のボイラーでも電気を必要とする。停電になったら手も足も出ない。

時間が深夜だったのも、これは熊本地震の時も言われたことだったが、よかった。昼間で人がたくさん町に出ているとどうしても被害が大きくなる。

ぼくの場合は非日常の二十数時間があっただけで、被害というほどのものではなかったと思う。

深夜、外へ出てみた。

どの家も真っ暗で、遠くで救急車のサイレンが聞こえる。一日中あれを聞いていたような気がした。

空は曇り。晴れていたら一面の星空だと思ったのに惜しかった。しかし地上の光がまったく無い割に空が明るい。天文学で言う夜天光だけでこんなに明るいものだろうか。

この百五十年で北海道に被害をもたらした地震は、マグニチュード7以上がざっと三十回。特徴は震源地がもっぱら沖合であることで、そのため津波の災禍が大きかった。

その意味では今回は震源がたまたま内陸で、これもまた不幸中の幸いだったと言える。そもそも苫東厚真はどれくらい津波対策がしてあったのだろう？　写真では特に護岸が目立つようでもないが。

北海道の地震にはいささか縁がある。一九五二年三月の十勝沖地震はぼくが帯広から東京に移って十か月ほど後のことだった。通っていた東京の幼稚園で募金が始まり、集まったお金を新聞社に届ける園児代表がぼくということになって、紙面に写真が載った。帯広出身だから選ばれたのだろう。

災害は時とところを選ばない。だから備えを、というメッセージは正論なのだが、なかなか浸透しない。自分は大丈夫という正常化バイアスが働く。個人は呑気にしていてもいざという時に自分が困るだけだからいいが、電力会社にそれは許されない。

東日本大震災の時、本州との間で電力を融通しあう北本（きたほん）連系線が六十万キロワットしか容量がないことが問題にされた。七年半たった今回も拡充はできていなかった。

今は停止中の泊原子力発電所が稼働していたらブラックアウトは起こらなかったという人がいる。しかし、苫東厚真を予想もしない地震が襲ったのだ。稼働中の泊を予想もしない地震が襲ったら、我々はブラックアウトだけでなくフォールアウト（放射性降下物）の心配もしなければならない。

今、道民は北電に対してずいぶん腹を立てている。

電力が供給されることを前提にしての社会設計なのだ。安全性を重視するとコストが上がって産業を誘致できないと彼らは言う。だから泊原発を根幹に据え、３・11で泊が使えなくなった後は厚真に半分まで預けた。

それが裏目に出た。安いとされる電力に誘われた道内の産業はどこもとんでもない被害を受けた。多少はお高いですが安全です、という方針もあっただろうし、こんなに自然災害が多いとその方が有利になる。

更に再生可能エネルギーの供給を増やして、多重の安全を図ることもできたはずだ。

思い立って高いところから札幌の町並みを見てみた。なんと多くのビルが林立していることか。あの一棟ごとに何基ものエレベーターが昇降して人と物を運んでいる。今回停まったエレベーターは札幌だけで九千基。

高層マンションの苦難の話はずいぶん聞いた。外光の入らない闇の非常階段を二十階三十階までバケツの水を持って登る苦労は察するに余りある。つまり我々はこういうリスクの上で一見安楽な生活を送ってきたのだ。

災害はいつどこへ来るかわからない。

それを承知で、つまり心のどこかで少しだけ脅えて、暮らすしかないのだろう。

（２０１８年９月）

原発のウンコ

まこと品のない表題で申し訳ない。

ぼくだってこんな言葉を活字にするのは初めてだ。

しかし、放射性廃棄物というのはそういうことではないか。原発はトイレのないマンションと言われてきたが、それをはっきり言うとこうなる。

寿都町（後志管内）と神恵内村（同）が高レベル放射性廃棄物の最終処分地選定にむけた原子力発電環境整備機構の文献調査に応募した。言うまでもなく多額の交付金が理由である。財政難に悩む首長がいっそこれに頼ろうかと思いつき、議会が数の上では賛成した。

放射性廃棄物の最終処理場は迷惑施設の典型である。

「あなたのお宅にあってはならない。世の中になくてはならない」という広告を見たことがある。葬儀社だった。英語では「ノット・イン・マイ・バックヤード、うちの裏庭にはお断り」という。

そういうものを造る時、国は分割統治の手法を用いる。小さな自治体を選んで金を注ぎ込む。迷惑は周辺広くに及ぶのに、そこを交付金の壁によって分断する。

一九九六年、沖縄の普天間基地が危険だというので移転が決まった。確かに危険である。札幌に置き換えれば大通のテレビ塔から西二十二丁目までが軍用機の滑走路という構図。周囲は住宅地で、幼稚園や学校がたくさんある。

しかし移転先とされた辺野古にだって人は住んでいるのだ。しかもまたも沖縄県内。国内の米軍基地の大半を押しつけられた上に更に基地を新設する。県民が反対するのは当然だろう。現実には辺野古埋め立ては技術的に困難を極め、完成予定はどんどん先へ延びている。その間も普天間の危険は続く。

では他に候補地はあるか？　ぼくは二十数年前に鹿児島県の種子島の十キロ沖に馬毛島という無人島を地図で見つけ、普天間の移転先として提案した。最近になってここの軍事基地化が進んでおり、種子島の人たちが反対運動を起こしている。それはそれで当然だと思う。

もしも普天間を引き取るとしたら、とすべての都道府県民が考えなければならない。政府の分割統治に抗して市民、町民、村民レベルで真摯に考えなければならない。

ぼくは道民としてこのコラムで候補地として苫東を挙げたことがある（215ページ）。一種の挑発。もちろん応答はなかった。

五年ほど前、フィンランドに旅をした時に好奇心からオンカロに行ってみた。

世界で初めての核燃料廃棄物の恒久埋没保管施設である。寿都町と神恵内村に造られるかもしれないものの先例。

見に行ったと言っても道路から入口を見ただけで中には入らなかった。長い斜路を延々と下った地下五百メートルのところに五千五百トンの廃棄物を納め、二十二世紀に満杯になったら坑道の入口を塞ぐ。その後は一切立ち入らない。この先、十万年間！

放射性物質が無害になるにはそれだけの歳月が要る。難しいのは未来の人々に「ここは危険です。絶対に入らないで下さい」と伝えることだ。十万年後はおろか千年先にだって言語は変わっているだろう。看板を立てて済むことではない。ピクトグラム（絵文字）にするか？　ムンクの「叫び」というあの絵という案も出ているが、しかし未来人は理解できるか？

世界中で埋蔵すべき放射性廃棄物は今の段階で二十万トン以上ある。フィンランドは政治がうまく行っている国だから、そしてここの地層は十八億年動いていないから、オンカロが造れた。

日本はそうではない。小松左京の『日本沈没』というSF小説の要点は地質学と気象学を重ねた比喩だった。プレートテクトニクス説によれば日本列島は前線の上に湧いた雲である。不安定で火山の噴火や地震でどんどん崩れてゆく。

活断層という専門語の行き交う国は他には珍しいだろう。ちょっと古い数字だが二〇一五年の韓国の有感地震は七回だった。同じ年に日本では一千八百四十一回。そういう地面なのだ。

原子力は人間の手には負えない。ましてこの国土では安全な運転は不可能だ。「アンダーコントロール」などとよくもぬけぬけと言ったものだ。

この問題について必見の映画がある。「100,000年後の安全」。ぼくが行ったオンカロについてのドキュメンタリー。とてもよくできていて、U―NEXTで無料で見られる。

寿都町と神恵内村の議員の皆さんはこれを御覧になった上で投票されたのだろうか？

（2021年3月）

津波と疫病　自然と人間

振り返ればこのコラムも開始以来六年、これが二十五回目だ。

初回の時にタイトルを考え、中国の西域の古い詩を引くことにした。

「昔の詩に『敕勒歌（ちょくろくのうた）』というのがあって、その一行『天蒼々、野茫々』を借りた」と説明した。それで「天はあおあお　野はひろびろ」。

これはまさに北海道の風景ではないか。詩は「風が吹くと草が頭を下げ、遠くにいる牛や羊が見える」と続く。昔の羊ヶ丘はこんな感じではなかったか。

近代の中国に同じような広い野を背景にした「草原情歌」といういい歌がある。「遥（はる）か離れたそのまた向こう／誰にでも好かれる綺麗（きれい）な娘がいる／お金も宝もなんにも要らぬ、毎日あの顔眺めていたい」と若い男が言う。同じような乙女は北海道にいたか、とうっかり問うとあちこちから石が飛んできそうだ。道産の乙女たち、ごめん。

さて、この疫病の事態。医療に関わる方々、行政の先端を担う方々、営業の制限に呻吟（しんぎん）するたくさんの職種のみなさんを前に深く頭を垂れる。ご迷惑を掛けないよう蟄居（ちっきょ）を心掛ける。

札幌に暮らして、この閉塞（へいそく）状況の中、ぼくは日々何をしているか。

職業は作家である。今は新聞小説という責務がある。一日休めば備蓄が一回分減る。執筆に励み、本を読み、飽きたら自分の机上にネットで配信される映画を見る。

そして散歩に出る。

そこで実感するのだ、「天はあおあお　野はひろびろ」を。

実際には野ではなく街路である。ずっとこの地に住んでいる人は気づいていないかもしれないが、こんなに道が広くて空が広い市街地は内地にはない。

「内地」と「本土」。今、この語を使うのは北海道と沖縄だけだ。帯広で六歳まで育ったぼくは祖父母や叔母の会話を聞いて「内地」という言葉を知った。北海道からは津軽海峡の向こう側。敗戦まで朝鮮・満州・台湾・内南洋などにいた人たちと同じ感覚。

中年期の十年を過ごした沖縄では一都一道二府四十二県との間は更に距離感が大きくて、政治的な不遇も多々あって、海の向こうは「本土」だった。

その北海道、明治の初期に移住した内地人にはとんでもなく広いと思えたことだろう。どこまで行っても原野。ここに町を作らなければならない。言い換えれば、都市計画がやりたい放題。

羅針盤の示すまま、縦横にまっすぐ街路を造る。ここが官庁街とか商業地域とか、どんどん決める。モデルはアメリカの州庁所在地などの中都市ではなかったかとぼくは推定する。

初めから馬車・馬橇(ばそり)の運用を前提とする広い道を用意した。馬車がUターンできる幅の道。

我が散歩コースで言えば、北海道立近代美術館のあたり、北三条の通りは、往復四車線の車道に幅の広い歩道を合わせるとざっと三十メートル。ぼくの短足で四十四歩。

沿道には高層の建物もあるが、ぜんたいに空が広い。西を見れば円山があり、三角山があり、ところによっては藻岩山も手稲山も見える。これがどれほど贅沢（ぜいたく）なことか、気づいている市民は少ないのではないか。

空が広い。

その下にいる自分を思う。波紋のような同心円を思い描く。

直近には家族や友人がおり、その先に市民社会があり、経済や文化の活動がある。経済がなければ人は生きていけないが、劇場や美術館や飲食店などの文化がなければ生きている意味がない。

社会の先には自然がある。空とは自然のディスプレイ画面である。雲景が美しい。

そして、自然は人間にソンタクしてくれない。無慈悲なのではなく、無情なのでもなく、ただ無関心なのだ。

だから時には地震と津波が起こる。起こるであって「襲う」ではない。自然にはそんな意図はない。

今回の疫病にしても同じではないのか。人間社会の外から来て害をなす。精一杯の対策を立て、関係者は必死の努力・労力によって蔓延（まんえん）を抑え込もうとする。そこでは国という体制の実力も問われる。おろおろうろうろのうちに死者が増える。数字ではなく一人一人の命なのだが。

目前の辛（つら）い状況を相対化するために何歩か下がって広くを見る。自然の中に立つ小さな自分を思い描く。

そのための北海道の空である。

（2021年6月）

円山動物園のオオカミ

この五月四日の北海道新聞（札幌市内版と近郊版）にジェイが死んだという記事が載った。円山動物園にいたシンリンオオカミの雄、十七歳だった。

数年前、家が近かったこともあってぼくはよく動物園に行っていた。『クマのプーさん』の著者のA・A・ミルンは「本当に動物が好きな人は動物園に行くとまっすぐ自分の好きな動物のところに行ってずっとそこにいるものです」と書いている。ぼくも行くとまっすぐオオカミ舎に向かった。二階建ての上の観察室からぜんたいを見て、それから一階に降りて彼らを間近に見る。

その頃は四頭のオオカミがいた。ジェイが父親で、息子がルークとショウとユウキ。母親のキナコはその何年か前に事故と呼ぶべき状況で亡くなっていた。

四頭は元気だった。ジェイは悠然としていて、ルークとユウキは活発に動き回り、ショウは柵で仕切られた別のコーナーにいた。

朝のうちに行くと給餌が見られる。奪い合いを避けるために離れた場所に数個の肉塊が同時に置かれる。オオカミはそれぞれに駆け寄って一気に食べてしまう。腹に収めればもう自分のもの。あとはゆっくり消化すればいい。

その後、引っ越したので足が遠のいた。時おりふっと、あいつら何してるかなと思ったりしていた。そして今回の訃報。

動物園のサイトを見てその後のことを知った。ユウキとショウは繁殖のためにそれぞれ徳島と鹿児島の動物園に移っていた。ルークは三年ほど前に白血病で死んだ。八歳とまだ若かったのだからこれは本当の病死。それに比べると十七歳まで生きたジェイは立派な往生と言える。

これを見ているうちに減ってゆくオオカミの補塡(ほてん)は考えなかったのか、それが気になった。そこで動物園に行って園長の神賢寿さんと飼育展示課長の山本秀明さんのお話を伺った。

結論を言えば二〇一三年の一月に雌のキナコが死んだ後でいろいろ考えてオオカミからは撤退しようと決めたのだという。四頭の雄はそのまま飼うけれど増やしはしない。

理由はキナコの死因である。成長した息子たちが乱暴になってトラブルが絶えないのでキナコを別の区域に隔離した。こちら側との間には柵があった。ある時、その柵の前で寝ていたキナコの前足がたまたまこちら側に出ていた。それを息子たちが引きずり込んで嚙み、その咬(こう)傷(しょう)の出血でキナコは死んだ。

オオカミは家族を作る動物である。育児には雄と雌が当たるから、その点は雌に任せっぱなしのヒグマなどとは違う。父親と母親と息子と呼ぶのは間違いではない。

その一方、オオカミは三頭から十頭ほどの群れで暮らす動物でもある。そこは順位があり争いもある。頂点にいるのは最優位のペアでそこに子供たちや他から来た個体が混じる。

キナコの場合、家族であることと群れであることの矛盾が災いしたのではないかとぼくは考える。成長した雄にとって体格が小さくて攻撃性も薄い雌は母親というより劣位の個体と見えたのではないか。

先にショウは別のコーナーに隔離されていたと書いたが、これもユウキとの間の争いが度を超したからであったらしい。

動物園は楽しい。

その一方で動物を不幸にしないよう飼うのには相当の工夫が要る。争いを避けるのもその一つだが、野生の環境に近い空間を作るということもある。

円山動物園のインドゾウは高いところに吊られた干し草を鼻で引き出して食べたり地面の下に埋められた餌を探し出して食べたりしている。本来ならば広い草原を動いているのだからそれに近い運動をさせなければならない。それでも数十頭の移動する群れを動物園で再現することはできない。

だから精一杯の努力をした上でも無理と判断したら飼わないという選択もある。

今、動物園は動物にとって幸福とは何かを考えなければならない。

檻の中にいるかぎり安全。外敵はいないし餌は保障されている。病気になっても、ジェイの末期のように手厚い医療の用意がある。

その一方、それは本来の生きかたではないという考えもある。自分たちの生理と本能に合った環境で自律的に生きるのが生物すべてのあるべき姿。その方がずっと危険で平均寿命は短いとしても、幽閉されての長寿は幸せか？

結局、ぼくたちは動物に自分たちを重ねているとも言える。動物園にいる個体は外の世界を知らない。野生の仲間と比べて不満を持つはずもない。

それでも、円山動物園のキリン、テンスケを見て本当はサバンナで遠くにしか見えないはずの生き物だとぼくは思ってしまう（ナイロビ国立公園を思い出すのだ）。園の配慮か壁にアカシアのシルエットが描いてある。広いサバンナの風景ではこの二つがセットだ。

テンスケ、おまえ、どう思う？

（2022年7月）

おびひろ1950

〈1〉宝の箱

思い出は、当人にとってしか意味がない。せいぜいそれを共有する家族や友人たちのもの。ぼくはそう信じてきた。

だから作家となってからも、自分の思い出を書いたことはない。フィクションを作るのが作家の仕事であると決めて、ずっとこの方針でやってきた。一見私的な内容に見えるエッセーでさえ、仮の人格を立てて、そちらに書かせた。ごく平凡なものだった自分の人生にはわざわざ読者に読んでもらうほどの価値はない。

しかし、最近になって、子供のころの記憶を文章にして残したいという欲求が無視しがたくなってきた。これはいったいどういうことだろうと、ぼくは少々とまどっている。年齢のせいもあるのだろう。

言葉を覚えて、知恵が身につきはじめた頃、「おびひろ」という地名を耳で知った。自分が住むところだから、ぼくにとって格別の意味があった。すべてはここから始まる。

ぼくは帯広で生まれて、六歳まで育って、それから東京に移った。この移転によってそれ以前と以後の記憶はきっちりと分かれ、言ってみれば六歳までが見事に封印された。それ以降の記憶と混じることはなかった。

帯広の記憶は、まだぼくが幼かったために、日付を持たない。順序がない。ばらばらのエピソードとして、一つ一つが小さく、一種の鉱物のように結晶している。いかにも大事なものに見える。それが集まって「おびひろ」という大きなケースに収まっている。一種の、徹底的に個人的な、宝の箱だ。

六歳までいたことが幸運だった、と今にして思う。小学校に入ると、人生はけっこう真剣勝負になる。社会はきみにとって都合がいいようにはできていない、と思い知らされ、嫌な体験も増える。

「おびひろ」は幼い天国としてぼくの記憶の深いところに残った。ぼくが全体として楽観的でのんきな性格に育ったについては、この幼時の帯広の生活感が少なからず影響を与えていると思う。

先に書いたとおり、ぼくの思い出はぼくにとってしか意味がない。しかし、他ならぬ帯広には、それと似たような時代の記憶を共有する人がいるのではないか。きっかけを作ることで、ぼくが五歳だった一九五〇年前後の帯広の姿がまた見えてくることはないか。

ぼく自身にとっては薄れゆくものを留めようという試みである。

〈2〉協会病院

先日、四年ぶりに帯広に戻ってみたら、協会病院がなくなっていた。消滅したのではなく、四条十二丁目から五条九丁目に移転したのだが、あの場所に行ってみて、そこに病院ではなく真新しいスーパーを見るのはちょっとしたショックだ。

それでも昔につながる指標は残っている。敷地の東南の角にあるポプラ。「帯広市立柏小学校創立記念　大正十年五月九日植樹」のポプラの木。後に柏小学校は町の発展につれて、（ちょうど協会病院が今回移転したように）もっと東の今の位置に移ったのだろう。

ぼくの記憶にある最初の住処は協会病院の寄宿舎である。今も残る一株のポプラを東端として、敷地の南には一列に木が生えていた（すべてポプラだった気がする）。それに沿って、細く長く寄宿舎があった。南側が長い通し廊下で、そこに看護婦さんの個室がハモニカのように並んでいた。今の言葉で言えば独身寮だ。一種の社宅と言えなくもない。

その東の端と西の端が家族仕様になっていて、ぼくは祖父・祖母と叔母と一緒に東の一角に住んでいた。当時、祖父は協会病院の事務長だった。まるで夜が明けるように、ぼくの記憶はそのあたりから始まる。言葉でいえば、「おびひろ」であり、「きょうかいびょういん」と「じむちょう」、「きしゅくしゃ」。

ほかの暮らしかたはまったく知識にないのだから、子供は病院の一角で暮らすのを特別なこととは思わなかった。同じ敷地の中にあって病院はとても近い。ほんの三十メートルだったと思う。病院の建物の中に入ることは原則として禁じられていたけれど、四本の道路で囲まれた敷地の全体は遊び場になった。

地名は相対的である。「おびひろ」以外の土地が関わってきた時はじめて、「ここはおびひろ」という認識が生まれる。ぼくにとって帯広を相対化する二次的な地名は母がいる「とうきょう」であり、伯母がいる「さっぽろ」だった。

つまりぼくは当時の子供としてはずいぶん広範囲の地理観を持っていたことになる。それについて鉄道が大きな役割を果たしたことは後で書こう。地名と地図はぼくが好きな知のシステムとなった。どういう事態に身を置いても、まず地理的な情報収集と分析を試みるという姿勢は今に至るまで変わらない。

「きょうかいびょういん」の「協会」が何であるか、最近まで知らなかったのだが、『北海道大百科事典』でようやく北海道社会事業協会という正式の名に出会った。大正十一年、皇太子（後の昭和天皇）が北海道に来た際に支給された御下賜金なるものを原資として作った財団法人であるそうだ。あの天皇さんにそんな恩義があったとは。

大正十一年はポプラが植えられた翌年に当たる。つまり、協会よりも木の方が歳上だったのだ。

〈3〉祖父

ぼく自身の記憶をそのまま辿れば、家族の出自に関する詮索などずっと後のことになる。子供は与えられたものを天与の条件として受け入れ、何の疑いも容れず、他との比較もいっさいせずに、そこを基点として育つ。自分を中心とした同心円が広がって世界が生まれる。動物も植物もそうやって幸せに生きているのだろう。

しかし、ここでは、歴史のパラダイムに沿って、ぼくというものが世に生まれた経緯を、つまりぼくの存在の社会的基盤のところを、記しておこう。ひとまず幼い自分を外から見てみよう。

母方について言えば、ぼくは典型的な北海道人である。祖父も祖母も移民二世だった。つまりその親の代で北海道に渡った。祖父山下庄之助の一家はもともとは福井県の農民の出だった。彼自身は明治二十七年に札幌で生まれている。それが札幌のどこだったか、ぼくは知らない。

後に森田たまの名で有名な随筆家になる村岡タマと親し

く、晩年まで親交があったという。森田たまは祖父と同じ明治二十七年の生まれだが、十七歳で東京に出ているから、両者の接点は二人が成人に達する前の札幌時代しか考えられない。

村岡タマは「年賀状」という随筆に、「札幌の豊平川に近いところで生れたのである」と書いている。祖父もそのあたりかもしれない。ちなみに、後に札幌市長になる上原六郎も山下・村岡の両者と親しかったという。

祖父は貧しい家の出で、小学校を出るか出ないかで働きはじめた。いちどは札幌から旭川に行ったようだ。いろいろな職を転々として、最終的に落ち着いたのはマッチ製造会社だった。そして、二十代半ばで日高の静内に生まれた開拓農の娘と結婚、神戸に転勤になってそこで四人の子を成し（一人夭折）、また北海道に戻り、戦後になって日産燐寸の帯広工場長の職を辞めるまでマッチに関わる仕事をしていた。

なかなかの遊び人だったらしい。マッチ製造会社では寸検という原木の査定の腕で知られたが、営業をやっていた時期もあり、麻雀はその時に覚えたようだ。若い頃はカルタの試合（北海道式の板カルタの「百人一首」）のために札幌からわざわざ旭川まで行ったこともある。

リベラリストだった側面は無視できない。新渡戸稲造の遠友夜学校に通い、神戸時代には賀川豊彦に傾倒していた（ピアニスト原智恵子の父がこの時の友人である）。家にはなかなかの蔵書があった。帯広で工場長の職を辞したのも、わき上がる労働運動の中で経営者側に身を置いていろいろ言われるのに嫌気がさしたからだった。

孫の目から見れば、いかにも慈愛に満ちた祖父だった。娘三人を育てあげたが、朝と名付けた息子を幼い時に失っている。初孫は家で初めての男の子に当たるわけで、その分よけいにかわいかったのだろう。

その孫を東京へ送り出して二年後に亡くなった。還暦の直後だった。

〈4〉祖母

祖母は若い時に家の没落を体験し、その記憶をずっと負って生きた。そういう人生だったらしい。

原條らくは生まれは日高の静内。北海道開拓史に残る稲田藩の集団移住でこの地に入った一族の娘である。元を辿れば淡路島の下級武士の家系。

（らくの夫となる山下庄之助が親しかった森田たまの母もまた淡路島の出身である。これはまったくの偶然だろうが）

苦労に満ちた開拓の努力の末に、原條家はある程度の繁栄に達した。彼女の伯父に当たる原條新次郎は二十三歳で静内村の四代目戸長に任じられている。町史には何か所かに名が出てくるし、口絵には写真も載っている。

　らくの父の原條迂(すすむ)は新次郎の弟で、よく兄を手伝って一家を興した。しかし、明治三十年に兄が三十二歳で亡くなると、そのあとはあまりふるわなかった。一家は勢いを失った。

　やがて迂は静内を離れて他の地で心機一転やりなおすために、財産を処分して札幌に出た。日高はなかなか鉄道が敷かれなかったので、もっと開けた土地へと思ったらしい。実際、静内に鉄道が開通したのは大正十五年のことだから、この判断は誤りではなかったのだが、しかし新しい土地はなかなか得られず、財産は次第に目減りし、けっきょく彼は脚気にかかって死んでしまった。明治三十二年に生まれたらくが十一歳の時のことだった。

　従ってらくは、一、勤勉な開拓農民の娘であり、二、士族の出であり、三、没落者である、という条件の下に育った。そして、二十歳前後で母親を連れて山下庄之助の元へ嫁した。庄之助は平民の出だったから、士族の子と自認していたらくはこの身分違いの結婚を嘆いた。こういう明治生まれの階級感覚はもう今のぼくたちにはわからない。

　それでも、全体としてらくの人生はそんなに悪いものではなかったとぼくは思う。三人の娘に恵まれ、夫は勤め人ながら順調に昇進し、生活は安定していたし、大きな事故や災難にも遭わなかった。晩年にはかいがいしく孫を育てた。

　孫のぼくからすれば、らくはまめに世話をしてくれ、よく叱ってくれる謹厳実直な祖母であった。その背後にたっぷりの愛情があったことを子供はたぶん感じ取っていただろう。祖父や叔母や遠くにいる母にしても同じ。それがぼくの、人は基本的に幸福であるという肯定的な（言い換えればのんきな）性格を作った。

　昔、人は短命だった。祖父は六十一歳で亡くなったし、祖母はその三年後に五十九歳で他界した。祖母の父も享年四十六歳。今、五十代の半ばを過ぎたぼくは自分の死という事態をまだ考えていない。

〈5〉母と父

　祖父や祖母については書くことも多いし、叔母も話のあちらこちらに登場するから、順序からすれば父母のことになるはずだが、しかし、人生のこの段階では父母はぼくから遠かった。

母は東京というところにいて時おり来てくれる眩しい人だった。すごくきれいで、温かくて、輝いていた。言い換えれば、生活感の共有がなかったということにもなる。

母が来るのは本当に特別のことだから、子供は嬉しくてしかたがない。はしゃいで甘えて大騒ぎ。それしか覚えていない。抽象的な幸福感のパッケージであって、具体的な細部の記憶はあまり残っていない。

母親が甘やかすから帰った後ではぼくがわがままになって困ると祖母が嘆いたとか。ぼくにすれば、それこそ最も望ましい事態ではないか。

父についてはまったく何も知らなかった。家庭というものは普通はお父さんとお母さんがいて、という認識さえあったかどうか。子供にとっては自分の境遇がすべてであって、そのありかたに疑問を挟むことはない。その後、東京に行ってからのことを思い出してみても、ぼくは自分の身の上についてずいぶん迂闊な子供だった（あるいは子供というものはみな、妙なところで勘が働くくせに、基本的に迂闊なものかもしれない）。

祖父と祖母について書いたのに倣って客観的な事実を記せば、父は一九一八年に福岡県の二日市で生まれ、母は一九二三年に神戸で生まれている。二人は一九四四年に結婚した。

戦争がひどくなって、神戸にあったマッチ工場も地方に分散させることになり、四国と帯広という選択肢の間で祖父は帯広を選んだ。自分たち夫婦は北海道人だという気持ちが作用したのだろう。

当初祖父は単身赴任して、駅のすぐ西にあった宿で一年以上に亘って仮暮らしを続け、やがて祖母と三女（ぼくの叔母）が神戸の家を畳んで合流した。一家は東三条南十二丁目のあたりにあったマッチ工場の社宅に住んだ。

一九四五年四月、父母は、空襲で混乱した東京を離れて、帯広に疎開した。最初は妻の実家の社宅に同居して（そこでぼくが生まれ）、後に東一条南九丁目の聖公会帯広教会副牧師館の一室に移った。

後に父は帯広中学（現柏葉高校）の英語の教師になったが、やがて発病、帯広の療養所を経て、結局は東京清瀬のサナトリウムに移った。母もそれに同行して上京した。その結果、ぼくは二歳の時から祖父母と叔母に育てられることになった。

父は作家になり、いくつかの作品で帯広を書いたけれども、暗くて寒くて淋しいその印象はぼくが知っている帯広とはまるで違う。ぼくは、当然ながら、自分の帯広の方がずっと好きだ。

〈6〉家

子供の時に住んでいた場所へ大人になってから行ってみると、全体があまりに狭くて小さいことに驚くものだ。今かつての帯広の家を訪れることができたとすれば、ぼくはめまいのような感覚を味わうことだろう。

あの頃のぼくは身長がせいぜい一メートルと少し、当時の言いかたならば三尺五寸ほどだったのだ。今は五尺五寸はある。あの家に今行けば、すべてが昔の三分の二のサイズに見えるはずだ。面積でいえば半分に近い。

協会病院の敷地の南にあった寄宿舎の東端の家族用の一画。北に面した引き戸の玄関から入ると、左側がすぐに台所、右に茶の間があった（今ならば居間というか）。その間を通る通路は突き当たりで右に折れて、西の方へ伸びる長い廊下になっていた。その廊下に沿って看護婦さんたちの個室がいくつも並んでいた。

茶の間の南側に客間があり、壁際に書棚があった。ぼくは毎晩この部屋で寝ていた。さらに通路を隔てて東側にもう一つ部屋があった。ここで問題になるのは、あの頃は充分に広いと見えたあれらの部屋は実際にはどのくらいあったのか。茶の間が六畳、客間は八畳、東の部屋は四畳半ではなかったか。

このあたりから記憶と推理が混じってくる。これらの広さ感覚はぼくのその後の内地生活に影響されたものかもしれない。北海道では茶の間の隅にストーブがあった。その横にちゃぶ台を置いて家族四人が食事ができたとすると、実はもっと広くはなかったか……などと考えはじめると、わからなくなる。

建物は言うまでもなく木造だった。今のように断熱材などまったく入っていない、ぺらぺらの木の家。内装は塗り壁。建て付けの悪い木製の窓枠の中のガラスも一重で、冬の朝は美しい霜の模様を見ることができた。家の中でも明け方には氷点下になるから、掛け布団の襟元には寝る者の吐息で白く霜がついた。

玄関も引き戸を一枚開けるといきなり外。ここ何年か北海道に行って感心するのは、どの家も玄関を二重にして、衣服の雪を払って家に入る仕掛けになっていることだが、昔はあれはなかった。だいたい当時の北海道の建築において、寒さに配慮して内地と違う工夫をしたというところは何一つなかったのではないか。石炭ストーブが行き渡っていたことだけが北海道らしさだった。

協会病院の建物も木造二階建てだった（今回の移転の前まであったモルタル造りは一度建て直されたもの）。一九八九年にサハリンに行った時、ぼくは昔の帯広とまったく同じ町並みを見て、不思議な感動を覚えた。サハリンは地形も植物相も北海道と同じで、高度経済成長を経なかったから町の景観も昔のまま。官庁など公共の建物がみな木造二階建てで、縦長の窓がついていた。

寄宿舎の、看護婦さんたちの個室が並んだ長い廊下の、あのいかにも寒い印象をぼくは思い出す。

〈7〉病院の敷地

協会病院の建物は上から見れば「中」の字の形だったように記憶する。

北側、つまり南十一丁目通に面して正面玄関があり、ぼくが住んでいた寄宿舎はその逆の、南十二丁目通の側にあった。一階には診察室などが並んでいて、二階が病室だったのだろうが、ぼくは病院に入ることを禁じられていたから、詳しいことはわからない。玄関に入って下足番のおばさんとお喋りしたことは覚えている。

病院の建物と寄宿舎の間には相当な距離があって、板を敷いた通路でつながれていた。冒頭にぼくが「中」の字と書いたのは、この長く伸びた通路の印象が強かったからだが、寄宿舎まで入れれば「虫」の字が最も近い。

病院と寄宿舎の間の空いた部分は、板敷き通路を挟んで東にテニスコート、西側にはボイラー室と厨房があって、高い煙突が立っていた。

この煙突について一つだけくっきりと残っている光景がある。夏のある日、火事があった。西の方の、そんなに近くない場所。その火事の場所を確かめるために、ボイラー室の若い男の人が煙突に登って、遠くを見ている。そして煙の位置を下の人々に大声で報告している。

なぜこの一瞬の光景が、無数にあった幼児期の体験の中から選ばれて記憶に残ったか、ぼくにはわからない。自分の生きかたの中心に、高い位置に立つと遠くが見えるという鳥瞰の原理があることは今も自覚している。その始まりを、この煙突の半ばまで登って遠くを見ている若い男に置くのは、それはあまりに話を作りすぎるというものだ。人生をそんなにきれいに説明してはいけない。

しかし、ぼくにとって世界というものがあの病院の敷地から始まって、遠くへ遠くへと広がっていったことはまちがいない。そうして作られた同心円形の世界像が今に至るまでぼくという存在の基礎である（などと書きながら、なんと大袈裟な、とも思うのだが）。

寄宿舎の東の一角にぼくの一家が住み、反対側の西の一角にはボイラー室主任の松村さんの一家が住んでいた。豚を飼っていた。

煙突の上の若者と同じくらいくっきり覚えているのがその豚の去勢の情景。獣医さんが来て、みんなで豚を押さえ込み、しかるべき部分が切除されて、血まみれのそれはぽーんと投げられ、二メートルほど先の埃っぽい地面に落ちて、豚はひーひー泣きわめいているという場面。

誰かがその作業の意味を説明してくれたのだろう。ただ見ていただけで去勢の意味がわかるはずはない。目撃したものは意味づけられ、子供の記憶に残った。これは強烈だから記憶されたのも当然と言える。では、煙突の上の若者が記憶されたのはなぜか。

ぼくの場合、家の外がすぐ町ではなかった。病院の敷地という中間的な領域があって、その外が真の外界だった。この構造はぼくが今も好きな島という地形に似ている。

〈8〉病院の外

子供の地理的関心は家を中心に少しずつ外へ広がってゆく。

協会病院のすぐ南は十勝バスの車庫だった。しかしぼくはそれを言葉として覚えているだけで、具体的な光景は浮かんでこない。バスについては、たとえば木炭バスの後ろの木炭からガスを取り出す窯の部分とか、ひょいと赤い矢印が跳ね上がるように出る方向指示器とか、目に見える記憶はあるのだが、バスの車庫は覚えていない。バスという乗り物に乗る機会が少なく、形にも魅力を感じなくて、興味が薄かったのかもしれない。

東隣りは営林署。これもそう知っていただけ。その先に第三中学があり、もっとずっと行くと札内川があった。どこかそのあたりで、ポンプで水を汲み上げて、それが太い管の先からどくどくと流れ出ている場所があってよく覚えているのだが、それが何だったかわからない。川と川原はくっきりと記憶に残っている。

西隣りの、今ＮＴＴがあるところは聾学校だった。木造二階建ての大きな建物。四歳のぼくがそこの生徒の真似をして祖母にさんざ叱られたという証言もあるのだが、ぼく自身の記憶ではない。

しかし、この学校について、一つ具体的な場面がある。ある夏の夕方、暗くなりはじめた頃合い（つまり、ぼくが外にいることが許されるぎりぎりの時間）、ぼくは年上の友人と一緒に聾学校の敷地内にいて、二階から聞こえる宴会の騒ぎを聞いていた。そして、その窓に向かって「バカー」とどなったのだ。

最初にどなったのは友人の方で、ぼくは尻馬に乗ったにすぎない。いわば事後従犯。しかし、そこには、気の毒な子供たちの相手をするのが仕事である大人が宴会なんかやって騒いでいていいのかという、うっすらとした正義感のようなものがあった。「バカー」というのはそういう意味だった。なぜぼくたちがそんな感情をいだくことになったのか、誰か大人の言葉を受けてのことだったのかどうか、あまりに遠い時代の一瞬のことの経緯を知るすべはない。

帯広という町の特徴を今さらぼくが挙げるまでもないが、一応まとめてみれば、土地が平らで、幅の広い道が東西方向と南北方向に直角に伸び、建物はまばらに配置されているということになる。

こういう表現をぼくはその後に知った東京など別の町との比較の上に立って書いている。大事なのは、この帯広の町並みがぼくにとって地理の基本図となったということだ。後にぼくは、曲がりくねった道の、坂の多い、ごちゃごちゃした町をいくつも知った。

更に言えば、主観的にはぼくの世界の中心である帯広は、客観的には辺境であって、その見かたによれば世界の中心は西の方にあるらしかった。汽車の行く先、札幌にあり、遙かに遠い東京。この植民地的偏見の構図をぼくはたしかに意識していた。

〈9〉鉄道

協会病院の正面玄関を出て、南十一丁目通を左に行くと、約七百メートルで帯広駅前に出る。大事なのは、街路と線路が斜めになっていることだ。この角度はぼくの世界像の基本軸になった。

ぼくは汽車によって、その後ずっと、何十年も使うことになる世界観を構築した。定住ではなく移動が生きる原理になった。大地はどこまでも広がっており、線路は遠い土地と帯広を結んでいる。汽車に乗れば遠くまで行くことができる。

後に大地は空になり、汽車は飛行機になった。ぼくはこれまでに年齢の半分を超える数の国を訪れている。つまり、平均して二年に一度は新しい国に足を踏み入れている。この旅行好きの傾向は今後も変わりそうにない。そういうことすべてが帯広駅から始まった。世界は制覇はできないが踏破はできる。そういう確信をぼくは帯広駅で汽車を見ていて得た。これもまた大袈裟な話、過剰な意味づけであるのだろうが。

汽車を見る喜びは物理的であり、生理的である。祖母と一緒にプラットホームに入ると、まず列車の先頭に走る。機関車の前に立って、あの見上げるほどの偉容、黒い、熱い、エネルギーの実態を陶然として見る。ほとんど跪拝という感じ。ぼくが最初に目指した職業は「きしゃのかまたき」だった。この呼称は大人たちから学んだもので、そこには多少この職掌を見下げたニュアンスが入っていたかもしれない。前にも書いたとおり祖母は士族の出で、階級意識の強い人だった。

しかし、そんな思いから遥かに遠いところで、子供は汽車に憧れていた。それは力そのものだった。祖母のように育った家が農家だったら馬が挽くプラウなどが力のモデルになっただろう。そこにディーゼルエンジンのトラクターが入ってきたらその威力に驚いたことだろう。しかし、ぼくの場合は汽車だった。耕耘ではなく移動の装置だった。

駅を出て東四条の通りを五百メートルほど南に行くと、踏切があった（今は鉄道が高架になって、この踏切もなくなったけれど）。駅で見る機関車は体内に力を蓄えて、熱と蒸気を発していたが、しかし走ることを禁じられていた。その事態にいらだっていた。だが、踏切で見る汽車は解放されて疾走していた。己の力を思う存分に誇示し、見えない目的地に向けて走り抜けていった。

子供の足には遠い踏切までの距離をどうしていたのか、これを書きながら聞いてみたところ、叔母の友人が踏切の近くに住んでいて、よくそこに行ったのだという。そういうことであったか。

ここに暮らしてかしこを思う。この姿勢は今も変わらない。このエッセーの目的は、ぼくの性格のほとんどが五、六歳までに帯広で作られていたと証明することにある。鉄道はその大きな要素だった。

〈10〉汽車そのもの

帯広から乗った汽車について、ぼくは何度も書いてきた。少し長くなるが、その一つを引用しよう。——

「汽車ではすべての部分が重く、堅く、しっかりと精密にできている。客車の中で言えば、硬い木材と真鍮の、あのゆるぎない冷たさ、座席の生地の滑らかさ。自分たちが住んでいる家では建具はどれもへなへなで情けないのに、客車のドアはガッシリと丈夫で、それが壊れることなど想像のしようもなく、閉じた時のカチッという音は、信頼のイメージそのものだった。

しかもそれが動く。黒い大きな機関車の中に力が蓄えられ、それがゆっくりと解放されて、あんなに重い列車全体が、はじめのうちはそれと気がつかないほど穏やかにしずしずと動きだし、次第に加速して、そばの電柱が見えないほどの速度になる。リズミックに排出される蒸気の音、レールから車輪とバネを通じて伝わる振動、時おり窓の外を流れる黒い煙、鋭い汽笛、目の前に坐っている見知らぬ人、興奮とも退屈ともつかない長い長い不思議な時間、ほとんど人の乗り降りしない閑散とした駅への停車、その窓の外に見える紫とオレンジの灯火のポイント信号機（今でもぼくは丸型と矢羽型の表示板まで含めて、あの信号機の図を精密に描くことができる）。」

これは、「汽車と、世界の本当の広さについて」という文章の一部である（『明るい旅情』所載）。

今の汽車はあまりにスマートで、軽快で、便利で快適だけれどもおもしろくない。いかにも如才なく作られていて、あたりまえとしか思われない。昔の汽車は地形や距離という自然の条件と、それを克服しようという人間の意図のぶつかり合いがそのまま見えた。そういう構図が子供にでもわかった。人間はすごいものを作ると思わせた。それが「きしゃのかまたき」へのぼくの憧れの理由だった。

今、札幌から帯広に行く列車は千歳線から石勝線を経由して、新狩勝トンネルの手前で根室本線に入る。ずっと速くなって、便利になった。距離感からいうと昔の半分という感じで、乗るたびに拍子ぬけする。

昔、狩勝峠はなかなかの難所だった。傾斜が急なのでまっすぐには線路を敷設できず、交互に左右に大きなカーブを描いて少しずつ高度をかせぐ。それだって機関車一台では牽ききれない。麓の新得駅で最後尾にも機関車を増結して、牽きつつ押して、なんとか登る。

カーブを曲がるたびに客車の窓から先頭ないし後尾の機関車が見える。子供は窓ガラスに鼻を押しつけて夢中になってその勇姿を見た。力走だからドラフト音が響き、黒煙もすごい。客車内にも一瞬その匂いが入ってくる。

大人にとっては汽車の旅はただ運ばれることであり、到着までの長い時間はただ待つだけの無為の時間に過ぎなかっただろうが、子供には一瞬ごとが世界との出会いだった。

〈11〉家の中

五十代で浪人を体験したとはいえ、帯広協会病院の事務長という職を得た祖父は、当時としては経済的にも恵まれた方だったのだろう。マッチ会社に勤めて工場長まで行ったのだから、給料取りとしてはなかなかの出世で、帯広でも名士として遇されていた。

そういうことを考えるのは、子供の目から見てもずいぶん立派な家具があったからだ。いや、改めて考えてみれば、立派なのは本棚と本箱だけだった。ちゃぶ台や茶箪笥はごく普通のものだった（こういう言葉さえ死語になってしまったけれども）。廊下を隔てた四畳半には家具は一つもなかったと記憶する。

神戸加納町の家具屋に作らせたという本棚は重い堅い木でできていて、凝った細工が施してあり、その黒っぽい色と細部の形をぼくは今でもくっきりと覚えている。本箱はガラス戸があって上下二段、客間の東側の壁全面を覆うほど大きかった。ガラス戸の内側にはローズ色のカーテンがあって、ガラス越しに見えるその襞の形と、内側に手を伸ばして触れた時のぞろっとした布の感触も記憶に残っている。匂いを覚えている。

しかし、これらの記憶がすべて六歳までの帯広時代に定着したわけではない。祖父が亡くなって祖母が帯広の家を畳んだ後、重い本棚は東京のぼくの家まで運ばれた。カーテンの本箱はその前で母と撮った写真が残っている。こうして昔のことを書きながら気づいてみれば、五十年後まで残った幼時の記憶は、そのまま残ったわけではない。その後何度となく思い出され、そのたびに更新され、補強されている。こうして書きながらも、もう何度も書いた話であるような気がするのはそのためだ。プルーストのマドレーヌのように過去に直接つながる記憶の回路はそう多くはない。

では、その本棚にはどんな本が入っていたか。後に東京に運ばれた本の背を見ての記憶で言えば、モースの『日本その日その日』をはじめとする創元社のあの装幀の本が多かった。それにホグベンの『百万人の数学』や箕作元八の『ナポレオン時代史』などの教養書、永井荷風の『濹東綺譚』、谷崎潤一郎の『初昔』などの文芸書、それに冨山房文庫版の『おらんだ正月』がなかったか。『観光北海道』という写真のたくさん入った大きな本も記憶にある。こういう本を読む祖父、少なくともこういう本を買う祖父であった。祖母はたぶん本は読まなかっただろう。

その他、家の什器で覚えているのがロシア製の厚いガラスのコップ。マッチの原木の買い付けによく朝鮮や満州に行った祖父が向こうで買ってきたものだという。コップにお湯を入れると割れる。しかし、このロシアのコップは紅茶用に特別に作られたものだから割れない。そういう話が付いていた。これは今も叔母の家にある。

〈12〉食べたもの

あの頃、つまり一九五〇年前後の帯広で人は何を食べていたか。ぼくはほとんど覚えていない。

順調に育ったのだし、空腹の記憶もないのだから、食べるものは充分にあったのだろう。あの時代としてはそれだけでもたいしたもの。

しかし、子供は目の前に出されたものをただ食べるだけで、その名をわざわざ記憶には残さなかった。だいたい晴れ（ハレ）の食は記録に残るが、褻（ケ）の食はあってあたりまえだから意識もされない。米の飯があって、野菜があって、時に魚、時に肉、あとは豆類に芋など。甘いものも少し。そんなところではなかったか。

馬鈴薯は（ジャガイモではなく、もちろんポテトでもなく、バレイショと呼んだ）はベニマルが主で、収量は多いが味が悪い。もともとが澱粉取りのための品種、という風なことは後で知った。男爵がもてはやされるのは世の中が豊かになってからだ。北海道は産地だったから量だけはあったのだろう。冬、ムロに入れたのが凍結してまずくなったりして。

今、オブラートというものを知っているのはどの世代かと考える。丸い薄いセロファンのようなもので、口に入れるとゆっくりと融ける。粉薬をのむ際に包んで飲みやすくするのが用途で、今で言えばカプセル。直径八センチくらいだったか。真ん中に薬をのせ、まわりから畳んで丸め、最後の角をなめて閉じる。

子供は大人が薬をのむ時にねだって一枚食べる。口の中で消えてしまって、ほとんど何の味もしない。ごはんを炊く時に釜の外に付くおねばの味、と言っても炊飯器世代は知らないか。はーっと息をはきかけると湿ってくるりと丸まった。

オブラートの原料は馬鈴薯の澱粉とは後で知った。家の近くに工場があった。場所はまったく記憶にない。年上の友だちに連れられて行ったのだろう。工場の外に裁ち落としが棄てられ、林檎箱にどさっと入れてある。それを食べる。子供たちが自力で調達するおやつ。

それだけでは記憶に残らなかったかもしれない。たまたまその工場は、新製品を開発すべく工夫して、色付きのオブラートを作っていた。赤や緑のオブラートを食べて戻った子供の口はその色に染まっていた。それで発覚して叱られた。だから覚えている。

こうして書きながらも、註を付ければきりがないと思う。まるで連想ゲームだ。薬といえば薬包紙とその五角形の折りかたを説明しなければならないし、林檎箱も段ボールと交替で消えて久しい。薄い木でできた箱で、蜜柑箱とはサイズが違う。開ける時は釘抜きを使い、釘は抜いて取っておく。籾殻に埋まって肩から上だけ見えるリンゴという情景。少なくなると、子供は腕を肘まで埋めて、残ったリンゴを探した。

〈13〉おやつと馬肉

子供の味覚に訴えるのは甘いものばかりだ。茶箪笥の中にしまってあって、「おじゅうじ」と「おさんじ」に出てくるもの。帯広で食べてその後ほとんどお目にかかっていない和菓子に「しおがま」というのがある。あんな凝ったもの、当時の帯広でいったい誰が作っていたのだろう。

小豆は産地だったから入手しやすかった。祖母は甜菜を煮詰めて砂糖を作り、お汁粉を作った。ぼくは夢中になって食べ、大人が後で苦いお茶を飲んでせっかくの甘い味を流してしまうのを不審に思った。

土の付いたままの落花生をたくさんもらって、新聞紙の上で剥くのを手伝った場面も覚えている。あれはその後茹でたのだったか、煎ったのか。

祖母とはゼンマイやヨモギを摘みに行ったこともある。ヨモギは草餅にした。子供でもすり鉢を押さえているくらいの手伝いはできた。今思えば、ああいうことは当時の主婦としては当然の技術だった。作るたびに知り合いどうしで交換していた。

（十勝の自然の中で、その気になればどれほどの食べ物を得ることができるか、ぼくがそれを知ったのは、数年前、坂本直行さんの長男の嵩さんが書いた『開拓一家と動物たち』という本を読んだ時だ。帯広市内にいたために、六歳で東京に行ってしまったために、ぼくはこういう知恵を身に付けることができなかった。今もぼくは自然と都市文明の両方に引かれて分裂した自分を意識しながら、沖縄の田舎で暮らしている）

食べたものの中で別格は馬肉。帯広時代の肉の記憶といえばこれしかない。あれはまったく脂身のない肉で、生薑を入れて醤油味で煮て、冷めてから薄く切って食べた。覚えているということは子供心にもおいしいと思ったのだろう。

帯広で不思議なのは買い物の記憶がないこと。自家調達がそんなに多かったとは思えないのに、買い物について行ったという場面が浮かばない。もちろん店先で何かねだったということもない。祖母や叔母はぼくを店に連れてはいかなかったのだろうか。

いや、一つだけものを買った時を覚えている。自転車で売りにきたアイスキャンデーだった。ふだんはああいうものは不衛生で疫痢になるから駄目と言っていた祖母が（疫痢はあの頃は本当に恐ろしい病気だった）、その夏の暑い日にいきなり方針を変えてみんなにアイスキャンデーを買った。釈然としないけれどもおいしかった。

冬のアイスクリームもあった。鍋で牛乳を温めて砂糖を溶かし、そのまま外に出して一晩おくと、朝には凍っている。それをスプーンですくって食べる。冬の乾いた暖かい室内で食べるアイスクリームはおいしいものだが、あの牛乳が脂肪分が多くて良質だったのかもしれない。

〈14〉衣生活

食べものについて、要するにちゃんと何か食べていたという以上の記憶がないのと同じように、着るものについても具体的にはほとんど覚えていない。

残っている数点の写真では、ぼくはなかなかおしゃれなものを着ている。家では「晴れ着」ではなく「よそいき」と呼んでいた。あの頃は写真撮影のために正装するのが普通だった。

一枚だけ記憶にあるのが、胸のところに汽車の模様を編み込んだ白いセーター。大好きな汽車だから、それを着るのは特別なことという印象が強かった。

当時の衣生活で大事なのは、たいていは自分たちで作ったものを着ていたということだ。セーターは買うものではなく編むものだった。編み機などまだなくて手編み。家で女たちは（お茶の時間以外は）いつも手と身体を動かしていた。祖母は特に勤勉だったのだろうが、それにしてもみんなよく働いたと思う。

古い大人のセーターがあったとする。これをほどいて、綛（かせ）にして、洗う。毛糸に元の編み癖が残っていたら、薬缶の口から出る蒸気で伸ばす。時には染め直す。そのあたりは大人の仕事で、ぼくが情景として覚えているのはセーターがどんどんほどけて毛糸になる場面くらいだ。綛にするには四角いちゃぶ台の上板に巻き付けていた。

その綛を玉に巻くところで子供の仕事が出てくる。両腕を広げて、手首のあたりに綛を掛け、前に坐った大人が玉に巻くのに合わせて、毛糸が滑らかに出てゆくよう両腕を左右にリズミックに動かす（こういうことは文章で説明するのはむずかしいと同時に間が抜けてもいる。箸の使いかたと同じで、知っている者には説明の必要がないし、知らない者は文章で説明されてもわからない）。

編み物でなく仕立てるものの場合は、ミシンが役に立った。家のどこに置いてあったのか、足踏み式のシンガーのミシンについては、鋳鉄の足や踏み板、革のベルトを介した弾み車、艶やかな木の部分、上糸のボビンからの糸の経路や天秤の形、布押さえ、下糸を入れるいわゆるお釜の金属光沢、機械油の芳香、その他すべて詳細に覚えている。視覚以上に触角と嗅覚で覚えている。

ミシンは憧れの機関車とはまた別の、身近なメカニズムだった。ぼくはこれによって機械の原理を知った。小学校高学年になって、東京で、ミシンの保守の腕を上げ、知り合いの家のミシンを快調な状態に戻して感謝された。

作って着ると言えば、祖母は着物の洗い張りを自分でやっていた。洋服と違ってフラットに畳めてしまう和服という衣類はセーター以上に簡単にほどけ、たちまち細くて長い布に還元される。それを洗って、竹ひごの両端に針が付いた伸子というものを何十本も使ってぴんと伸ばし、乾かす。洗い張りと言うのだが、これまた知らない者には絵でも描かないとわからないことか。

〈15〉模型鉄道

こうやって書いてくると、ぼくはずいぶん恵まれた子供だったという気がしてくる。戦後も間もない頃、みんな貧乏で苦しい時代だったことは後の東京生活でわかった。しかし、帯広時代は当時の平均よりは余裕のある暮らしだったように思う。

今のように商品があふれて、あらゆるメディアが四六時中ものを買えとなりふりかまわず強制するような消費社会ではなかった。だからおもちゃと言っても多くはなかった。

家の女たちの共有の資産のようなガラス・ケースがあった。中には何段かのガラスの棚に、木や紙やガラスや陶器や金属の小さな細工物がいくつも並べてあって、それは五歳の子供は見るだけ、開けて触ってはいけない禁断の宝物だった。

それとは別に、ある時、とんでもなく高級な玩具が飛び込んできた。鉄道模型。後に知った用語をつかえば、Oゲージ、三線レールの線路と、機関車、それにトランスからなる一式がどういうわけかぼくのものになった。世の中にそんなものがあると想像もできない高級なおもちゃ。誰か大人が持っていたものがたまたま「事務長さんのお孫さん」のところに舞い込んだのだろうか。

機関車はまだ見たことのない電気機関車で（根室本線が電化されたのはいつだったか？）、客車や貨車はなかった。線路は直径二メートルほどの円形のもの。

線路にはしっかりした木の台が付いていた。本物の鉄道でいう路床の部分を腕のいい大工が四分円に割った組立式に作ったらしい。もともとあったものではなく、我が家に来る時に祖母が懇意な職人に作らせたものだった。

機関車はパンタグラフが二つ、前後にデッキが付いた中型のもので、蒸気機関車と違って前後対称。腹側にスプーンのような集電シューがついていた。トランスのスイッチを入れるとガーガーガーと走る。動きはそれだけなのだが、金属の質感と精密な細工が子供を圧倒した。手に持った重さの実感がすごかった。プラスチックというものが（ベークライト以外には）まだなかった時代の話である。

電気は危ないから、ぜったいにレールに触ってはいけないという祖母の言葉に逆らって、まさに純然たる好奇心から、子供は三本のレールにおそるおそる触れてみる。なんともない。あれは八ボルトからせいぜい十二ボルトくらいだから、濡れた手でもないかぎり何も感じないだろう。

そのしばらく後、これもまったく純然たる好奇心から、踏み台（木製の台形の家具、と註をつけておこう）に乗って、天井からぶらさがった電球の入ってないソケットに指を突っ込んでみたことがあった。猛烈なショックで、よく踏み台から落ちなかったと思う。祖母には決して報告できないことだった。

だからと言って、感電という強烈な体験がぼくを用心ぶかい性格にしたわけでもないようなのだが。

〈16〉三輪車

ある時、三輪車をもらった。

くすんだ赤に塗られていて、通常のより一回り大きかった。あの頃、三輪車というものがどのくらい普及していたかわからないが、これはちょっと大きいと思ったのだから、友だちのを見てはいたのだろう。

それが家に届いて、寄宿舎に沿った細長い空き地でさっそく乗ってみることになった。祖母と叔母が見ていた。ぼくは乗りかた漕ぎかたは知っていたから（これも既に友だちのを借りて身に付けていた）、滑らかに向こうの方へ試走して、また戻ってきた。そして祖母の目の前で見事に転んだ。三輪車はまず転ばないものだが、そこだけ僅かな上りで、地面にちょっとした窪みがあったらしい。怪我をしたわけでもないのに泣いたのは、あれはたしかに屈辱の涙だった。

この三輪車でぼくはどのあたりまで行ったのだろうか。小学校時代に手に入れた自転車の場合はドラマチックに世界が変わったが、三輪車にそこまでの力はなかった。病院の敷地の外へ出てはいけないと言われて、それを忠実にまもったのかもしれない。

むしろぼくはメカニズムとしての三輪車に惹かれた。乗るのではなく、ひっくり返して、逆の側からまたがり、両手でペダルを持ってぐるぐる回す。勢いがついて回っているタイヤに手を押しつけて止める。一瞬、手が熱くなる。それがおもしろかった。

今、これを書きながら思い出してみると、あの頃のぼくはなかなか工学的だった。五十年後の今もそれは残っている。大工仕事は好きだし、ぼくの小説の書きかたには、製図からはじめて、パーツを作り、それを組み合わせて細部を摺り合わせる、という職人的表現で説明できる側面がたしかにある。

ロボットを作ろうと思い立ったことがあった。ロボットという言葉はたしかにその時に覚えた。いったい何がきっかけだったのか。本ではないし、大人に聞いた話にしては視覚的なイメージが先行していたし、どうも映画ではないかと推測するのだが、その映画の記憶はまったくない。覚えているのは、それを作ろうという意欲が生んだ軽い興奮状態だけだ。今、次の長篇を考える時の感じによく似ている。三つ子の魂という言葉のまま。

ともかく、胴体となる箱があって、それに頭と手足があって、中には機械が詰まっている。そういうものを作ればいい。肝心の機械の部分はぜんぜん具体的でなかったし、動力源のことなど最初から念頭にない。

これを作ろうと思いついて、祖母のところに行って「箱はない?」と聞いた。そして、ロボットというのはそんなに簡単に作れるものではなくて、大人がいろいろ研究してようやくできるのだからと諭され、結局あきらめた。ということは祖母もぼくと同じ情報源に接していたわけで、ではやはり映画だったのかとまた考える。

〈17〉ジャンバルジャン

映画も見ただろうに記憶はない。それはもっと後になってから、東京に行ってからだ。

帯広で覚えているのは幻灯会。夜、何十人かが集まってみんなで見たのだから、どこか主催団体があったのだろう。双葉幼稚園だったのかもしれないし、教会だったかもしれない。

ぼく自身は遂に信仰を得なかったが、父は福岡に近い二日市の生まれで、親類は佐世保や長崎に多く、みな聖公会の信徒だった。父方の祖母は伝道師をしていた。その縁か、ぼくが一歳前後の頃、父母とぼくは東一条南九丁目にあった聖公会帯広教会の牧師館の一部屋を借りて住んでいた（乳児だったぼくは何も覚えていない）。その後も日曜学校には通っていた。ごくうっすらとその記憶がある。

場所がどこかはともかく、ある夜、幻灯会に行った。プロジェクターで静止画像がスクリーンに映し出される。話は『ジャンバルジャン』だった。つまり、後の知識で補填すれば、ユゴーの名作『レミゼラブル』、日本では黒岩涙香訳の『あゝ無情』。

この一夜の体験で記憶にくっきり残っているのは、たった一つの画面だけである。割れたガラス・ケースの中にあるパンに向かって大きな手がにゅっと伸びている。主人公ジャンバルジャンが、飢えた子供のために、パンを盗むところ。

こうやって昔のことを書いていると、記憶というものはまことに生成的なものだとわかる。記憶は記録ではない。草原におのずからできる道というたとえがわかりやすい。人がよく歩くところは踏み跡が道になるが、それ以外は草が繁って忘れられる。この執筆だって、たまたま残ったパン盗みの映像が何度も思い出され、再確認された最後の段階と言えるだろう。

最初にどのルートが選ばれるか、偶然とも言えるし、結果論で言えば必然とも言える。この草原の比喩は脳細胞とシナプスの関係についてもそのまま通用するものだ。

記憶に残ったのがなぜジャンバルジャンのあの場面だったか、合理的な説明はない。本が読めるようになってからあの大作をちゃんと読んだことはないし、ヒットしたミュージカルも見ていない。しかし、耳に響きのいい主人公の名はよく覚えている。銀の燭台を盗むエピソードも、孤児コゼットの名も、ジャベールという嫌な警察官の名も覚えている。

映画は相当な資金と機材がいるが、幻灯は素人でも作れる。シナリオを作り、紙に絵を描いて、それをポジ・フィルムで写真に撮り、プロジェクターにかけて映しながら、集まった観客を前にしてシナリオを朗読する。今の言葉を使えば、いかにもボランティア活動にふさわしい。

そういう活動が、戦後の混乱期の人口五万足らずの地方都市にあった。

〈18〉ラジオ

前述のとおり、帯広で映画を見たという具体的な記憶はない。幻灯会は覚えている。絵本も多くはなかった。母が来た時に『ババール』の英語かフランス語の版をおみやげにもらったのは覚えている。あとは、幼稚園で配られたのか、毎月の「キンダーブック」。しかし、絵本にそんなに夢中になることはなかった。

今でいうメディアとして圧倒的だったのはラジオだ。茶の間の茶箪笥の上に置いてあったと思うが、どんな形だったかは記憶にない（小学校時代のラジオのことは細部まで詳細に覚えているのに）。

番組で言えば、「おらあ三太だ」。農村の少年三太が一人称で語る村のエピソードで構成されるラジオ・ドラマである。ハナオギ先生という女性教師の名と、オートバイを持っているオトさんというおじさんの名が記憶に残っている。あれが山梨県道志川のほとりの話だということを知ったのはずっと後のことだ。

ぼくがこの番組に熱をあげて、自分のことを「おらあ」などと言うものだから祖母はいい顔をしなかった。メディアはこのように青少年に影響を与える。

もう一つの重要な番組が「鐘の鳴る丘」。戦災孤児がたくさんいた時代で、その子たちが暮らす丘の上の孤児院の話だった。孤児たちの境遇への共感のようなものがあった。「緑の丘の赤い屋根、とんがり帽子の時計台……」という歌は今でもよく覚えているが、あれはラジオ番組の主題歌だったろうか。それとも後に古川緑波（ろっぱ）主演で映画化された時のものか。

夏の夕方がむずかしい。いつまでも明るいから外で夢中になって遊んでいる。はっと気がついて家に走って帰ると、もう番組は終わっている。あまりの悔しさに畳の上を転がって泣いて叔母たちに笑われた。

あの時の喪失感というのは強烈だった。身辺のものをなくした場合はきっとどこかにあると思えるのに、捕らえそこなった電波はもうこの世のどこにもない。十五分前という過去の中に消滅してしまって、回収の手だては絶対にない。

ラジオは音声であり、意図しなくても聞いてしまうものである。そうやって頭に残ったのが「気象通報」のあのリズミカルな音声。「気象通報をお知らせします。はじめに全国天気概況……」から始まる地名と数字の羅列。浦河、宮古、小名浜、テチューヘ、バスコ、といった遠い土地の名をぼくは無意識のうちに覚えた。

「尋ね人の時間」という番組については説明がいるだろう。戦中から戦後の混乱期に人々は離ればなれになり、落ち着いた頃になってお互いを探した。「昭和十八年に南満州鉄道のどこそこの部署にいた誰々さんの消息をご存じの方は……」というアナウンスメントが延々と続く。切実感のある声だった。

〈19〉中仕切り

こうやって子供の頃のことを次々に書いているうちに、自分は何をしているのだろうと考える時が来る。

記憶というのは記録ではなくて、選択的にどれかが強化され、繰り返し思い出され、くっきりと残る、と前に書いた。踏み分け道のようなものだ。ぼくはこうやって一つ一つの項目を、なるべく自分の記憶のままに書いているが、そこには実は他人の証言も少なくない。

主観というのは一方的なもので、本来なら人はみな自分は自分だとしか思っていない。鏡を見なければ自分の顔は見えない。「あんたは本当にお喋りで、帯広から札幌までの汽車の中でずっと喋りつづけていた」と叔母に言われてはじめて、そういう自分の姿が見えてくる。大人の話に口を挟み、祖母に「横から口出す茶瓶の子」と言われた。急須を茶瓶というのは関西で、こんなところに長かった神戸暮らしの痕跡が残る。

覚えていること、記憶にあると信じていることを書きつられても、その半分くらいは実は伝聞である。これを書く前に叔母のところに行っていくつかの細部を確かめた。純粋に自分の記憶に頼って書くという方針には外れている。エッセイストではなくジャーナリストないし歴史家の姿勢になっている。

とは言うものの、純粋な自分の記憶などというものがあるのだろうかとも考える。純粋な記憶として残っているのはもっぱら光景である。その好例が、火事を見ようとボイラー室の煙突に登っている青年。その周囲に説明の言葉がついている。言葉は後から補強したものだ。問題はその補強の時期で、光景と同時のこともあれば、数年後のこともある。もっとずっと遅いことだってある。

そうやって残った記憶をいかにして引き出すか。このファイリング・システムにはいかなるインデックスがついているか。書いているうちに連想によってよみがえることも少なくない。そういう記憶は曖昧だから客観情報で補強したくなる。どこまでそれをやっていいものか。

ラジオ番組のことを書いていて、「鐘の鳴る丘」と「尋ね人の時間」の放送年月日を調べなければと思った。これは過去を扱う場合の常識的な手続きだ。自分の記憶と日本史の年号の整合をはかる。しかし、そうすることでぼくは自分の主体的な記憶を離れて社会が共有する記録の方に寄ることになる。客観的に間違っていても主観の方が自分にとっては大事と言い切るほどぼくは強くない。

意味以前の光景、霧の中の風景。言葉にならない、ぼんやりとした温かみのようなもの。本来記憶とはそういうものではないか。犬の嗅覚的な記憶を想像してみよう。犬ではないぼくたちは、それを言葉にしようと整理しすぎて、いちばん大事なところを失ってしまう。文字にすることでもっと多くが失われる。

文字にするのは記憶を社会の共有のプールに預けることだ。言葉以前の、自分だけの、淡い風合いは失われる。

〈20〉夜と闇

この何十年かで日本人の生活はすっかり変わった。ものが豊かになった。商品が身辺にあふれるようになった。接するメディアも格段に多くなって、ぼくたちは一日中その中に浸されている。むしろ溺れている。

五十年前、夜は静かだった。騒がしいものが無かったというだけでなく、夜になると人は外の闇に敬意を払って、静かに過ごした。そんな気がする。

子供は早く寝る。夕食の後、しばらくすると、もう寝なさいと言われて、便所に行った上で、茶の間の隣室の寝床に入る。大人の言葉に抗して起きていたいと言うこともなかった。起きていてもすることがないのだ。

たいていの晩、眠りは急速に訪れた。しかし、時折、子供はどうしても眠れないことがある。襖越しに大人たちのひそやかな話し声が聞こえる。内容まではわからない。ラジオがかすかに聞こえることもある。九時のニュース。時にはお茶を入れてお菓子を食べる気配が伝わる。眼が冴えて、いよいよ眠りは遠くなる。

子供が起きていてはいけない時間なのに眠れないというのは、何かとんでもない禁忌を犯しているように不安だった。入ってはいけない建物に入ってしまって、それはわかっているのに出口が見つからない。大人に知れたら叱られるから、じっとしている。でもそれは眠った姿を模しているだけで、意識ははっきりと目覚めている。

大人が決めたことに違反しているから不安なのではない。それだけではない。あの不安には、夜と闇に対する畏怖の念のようなものが混じっていた。

夜は寝なければならない。じっと身をひそめて、動かず、音をたてず、夜に活動するモノたちに見つからないようにしなければならない。蒲団の中でこっそり目を開けた時の室内の闇がそう教えている。野性の恐怖のようなもの。

ある時、夕食後に何かのはずみに足を切った。なかなか大きな傷で、家の手当では血が止まらない。しかし、なんと言っても病院の敷地内に住んでいるのだからこういう時は便利だ。毛布でくるまれ、誰か大人に抱かれて、数十メートル先の病院に行った。外科の夜勤の先生か看護婦さんが笑いながら処置してくれた。事務長さんのお孫さんのかわいい坊やという特権的な立場だから、院内では誰もが大事にしてくれる。

この時も記憶に残っているのは光景である。夜の病院の、水で薄めた墨のような闇に沈んだ屋内。応急治療室が二階にあったはずはないのだが、幅の広い階段を登った。その二階の天井あたりが最も闇が深かった。これもまた一つの場面として覚えている。

蛍光灯というものはまだなかった。廊下などはずいぶん暗かった。夜というのはみんながじっと息をひそめてやりすごす時だった。闇にはいつも微量の恐怖が含まれていた。

〈21〉夏

なぜ夏樹と命名されたのか。

父と母は二人とも詩人だったから、熟慮の成果だろう。父の文学的な盟友であった中村真一郎に「夏野の樹」という詩がある。夏のさなかに生まれたのが理由の一つだとしても、同世代でこの名は珍しい。しかし似たような例がないではなく、古いところでは島崎藤村の本名が春樹だった。

寄宿舎に住む看護婦さんの中に夏子さんがいた。「同じ名前ね」と言われてとても恥ずかしかった。親近感よりも反発を覚える生意気な年頃だった。女のような名と言われたのが嫌だったのかもしれない。当時、性差は強調されるべきことだったから、「男らしい」という誉め言葉をしばしば耳にしていたのだろう。今のぼくはそれから解放されてずいぶん楽に生きているけれども。

その夏。帯広の春や秋はあまり覚えていないのに、夏と冬は明確に記憶にある。夏は一つの光景として残っている。病院の中庭の、テニスコートの脇あたり。クローバーの花が咲いていて、時間は夕方。

ぼくは年上の女友だちに言われて四つ葉を探している。あるいは、花をたくさん集めて花の腕輪を作ってもらっている。草むらに転がった時の、あのクローバーの花の匂い。夕方の斜めの陽光。あれが帯広の夏だった。

あるいはヤギのこと。家で飼っていたのではなかった。近所の誰かの家のヤギで、朝、それを連れてゆくのに子供はついて行った。たぶん隣りの営林署の敷地内かどこか。

草むらの適当な位置にヤギをつなぐ。ヤギの首には紐が結んであり、その先には先端の尖った鉄の棒がついている。地面にその鉄の棒をぐっと押し込むと、その回り、紐の長さを半径とする円の中がヤギのその一日の食事圏になる。この原理をぼくは理解していた。幾何学のはじまりというべきだろう。

　ヤギについては恩義もある。ぼくはヤギ乳を飲んでそだったらしい。ヤギ乳は商品化はされていなかったから、瓶に入って配達されるものではなかったから、近所のヤギの乳を鍋か何かに分けてもらっていたのだろう。

　二十年後に誰か友だちにこのことを話したら、赤ん坊のぼくが草の上を這ってヤギを追いかけ、その乳首をくわえているという図を想像されて困った。直に飲んだわけではない。あれは一度沸かさないと飲めない。

　北海道の夏は短いだけにはっきりしていた。黄色い光に包まれていつまでも暮れない長い夕方。遊びすぎて、走って帰る時の気持ち。幼年時代はそういうものからなっている。

〈22〉冬

冬になる前に石炭を買う。

荷馬車が家の前まで入ってきて、そこにどかどかと大量の石炭をあけてゆく。あれで一トンと聞いた気がする。

石炭を買うのはその時だけではなく、冬の半ばにもう一度買い足した。その時はもう雪だから馬車ではなく馬橇で来た。やはり家の前にどかどかと石炭をあけていった。あの時期、普通の家庭で一冬にどれくらいの石炭を消費したのだろう。

　玄関の横が石炭庫になっていた。子供の目には大きく見えたが、幅三尺奥行き六尺（九十センチ×百八十センチ）というところだろうか。地面に山積みになった半冬分の石炭をまずその中に運び込む。

　石炭庫の入り口の戸は何枚にも分割した横長の板を上から落とし込む仕掛けになっていた。両側の柱に縦に溝が切ってある、と書いて知らない人に構造がわかるかどうか。

　最初は上の方から掬って使うが、日がたって量が少なくなると、入り口の板を一枚また一枚と外して、底の方に残った分を取り出しやすくする。時々は奥の方の石炭を前へ掻き出す。

　ルンペン・ストーブは二台を交互に使う。一台はいつも待機している、つまり失業しているからルンペンなのだ。粉炭を詰めてから点火すると八時間くらいゆっくりと安定して燃える。朝、零下まで冷えた家の中で起き出してストーブに点火するのは祖母の仕事だった。みんなじっと蒲団の中で室内が暖まるのを待った。

前にも書いたが、蒲団の襟口には吐く息で白く霜がついているし、窓ガラスにも霜の模様があった。台所の手押しポンプの水が凍ることもあって、そういう時には汲み置きしておいた薬缶の水をストーブで沸かし、それをポンプの上から注入して溶かす。

しかし、不思議なことに、寒かったという記憶はあまりない。子供にはその時の状況を以前の別の時や別の場所と比較して嘆く能力がまだなかったのだろう。寒かろうが、ひもじかろうが、その時は辛いとは思っても、それを不当なこととしたり、温かい夏を待ち望んだりはしない。そこまでの想像力の働きがまだ備わっていない。

家はストーブだったが、病院にはスチームがあった。部屋ごとに黒いコックがついた鋳鉄のラジエーターが壁際に装備されていた。中を熱い蒸気が通って部屋を暖める仕掛け。そのための蒸気は大きなボイラーで作る。だからボイラー室があり、その横には見上げるような石炭の山があった。

秋、まだ雪が降る前にその石炭山に登って滑り降りる。ズボンの尻が汚れるから叱られる。何度祖母に言われても行状が改まらないので、最後には祖父に叱られた。

夏の記憶は夕方、冬の記憶は朝。季節感は一つの場面の情景となって残っている。

〈23〉雪

東京の小学校に行ってから、北海道生まれと名乗ると、雪の話になる。たくさん降ったでしょうと問われて、常時真っ白だった冬を思い出して、はいと答える。

しかし、東京の人間にとって雪を巡る話題は雪だるまと雪合戦なのだが、そういう遊びを帯広でした記憶はない。だから話が食い違う。北海道の子供はいつでも雪だるまを作って遊んでいると思われて、それは違うと言いたいのだが、子供にはなかなかうまく説明できなかった。

たまに降って、遊びの道具になって、すぐに消えてしまう東京の雪と、冬の間ずっとあって生活全般の土台となる北海道の雪はまるで違うものだった。帯広のさらさらの雪でだるまを作るのはむずかしいし、同じ理由から雪合戦も無理なのではないか、と今の帯広の子に聞いてみたい。

同じようにスキーの話も苦手だった。だいたい帯広は平野の真ん中にある町だからスキーはできない。ぼくのスキーはもっとずっと後、中学に入ってから札幌の伯母のところに行って手稲山で滑ったのが最初だった（ゲレンデではなく山スキー）。

　家のどこかに絵はがきが貼ってあった。浮世絵の雪景色で、唐傘を差した江戸風の女の人が振り返っている。ぼくはそれが不思議で、どうして雪の時に傘を差しているのかと祖母にたずねたものだった。祖母がどう答えたか覚えていないが、内地の雪は違うのと言ったのではなかったか。帯広では雪の時に傘を差して歩く人はいない。それが子供の常識だった。

　スキーもスケートもなかったけれど、橇はあった。叔母はぼくを乗せた橇を引いてあちこちに行ったと言う。雪道を歩くのは子供にはたいへんだから、手を引いてゆくよりは橇に乗せた方が早かったのだ。ころころに着ぶくれた子供を乗せた橇。

　石炭山に雪が積もれば、橇を持っていって滑ることができる。大人たちはみな器用でまめだったから、たぶん誰かが子供用の橇を作ってくれたのだろう。橇すべりは何百回くりかえしても飽きない遊びだった。

　ある朝、起き出して、大人より先に玄関に行って、引き戸を開いた。なにげなく開けたのだが、一夜のうちに雪が積もっていて、それがどっと中へ崩れ込み、小さなぼくは押し倒されて尻餅をついた。そういう一瞬のことが、まるで数フィートの映画フィルムのように、記憶に残っている。頭の中で何度も何度も上映される。

　南への移動を重ねて今に至ったために、ぼくは雪というものを失った（今住む沖縄は決して雪が降らない土地である）。一年の三分の一を雪の中で過ごす実感はもう遠いものだ。たまに冬の北海道に行って、雪の中に立ったり、歩いたり、車を走らせたりするのは楽しいが、しかし、白い冷たい景色しか見えない毎日の生活感はもうぼくにはわからない。

〈24〉春

雪解けと馬糞風の後だから、これはもう春ではなく初夏と呼ぶべき季節だったかもしれない。

　祖母は家の東の空き地に小さな畑を作っていた。もともと勤勉な性格だから畑仕事にも熱心で、いろいろな作物をまめに作り、収穫も多かったと後になって聞いた。ぼくが覚えているのはキャベツだ。

　なぜ覚えているかといえば、虫を取らされたから。畑のキャベツをよく見ると、緑の葉の上に緑の芋虫がいる。それを指でつまんでつぶす。青い汁が出て、キャベツと同じ匂いがする。子供はこれでいくつかのことを学んだ。キャベツを食べる虫はキャベツの色でキャベツの匂いがする。これはわかりやすい因果律。

動いている、つまり生きている虫をつぶす(殺すという印象ではなかった)のはちょっと抵抗がある。しかし、祖母は厳しい顔で虫退治を強いる。大事なキャベツを虫ごときに横取りされてたまるかという感じ。今はエコロジーという思想が広まって、殺虫剤などについても功罪の両方を考えるけれど、かつてはみんな必死だった。十勝では昔は飛蝗によって農作物が全滅という年もあった。

キャベツの上をのろのろ歩いている緑の芋虫を見つけて、捕まえる。子供にとっておもしろくない筈がない。それでも、この虫はいずれチョウになるのだと知っていたのは、誰かに聞いたからか。あの頃知っていたのは、チョウとトンボ、バッタとカマキリ、アリ、ハチ、などなど。

台所の洗い水を外へ出す木製の樋のあたりに紫の紫蘇があった。自生するものではないから、湿ったところがいいと知って祖母が植えたものだったのだろう。昼食が素麺などの時、頼まれてその葉を二、三枚取ってくるくらいのおつかいはできた。

畑の先、病院の敷地の隅にモルタルの小さな建物があって、どうもそこは解剖室だったらしい。もちろん中を見たわけではなく、年上の友だちから聞いた噂のようなもの。できて間もなかったのか、その建物のそばに行くとセメントの匂いがした。今はそうわかっているが、その時は友だちから死んだ人の匂いだと言われてそうなのかと思った。祖母に確かめたいと思っても、叱られることはわかっているから聞けない。死はタブーの話題だったし、禁止事項がどんどん増えるのが祖母の教育方針だったから、こちらも用心深くなっていた。

双葉幼稚園に通いはじめたのも春だったはずだ。あの建物がそのまま残っていると最近になって知ったのはなかなかの感激。あの円形の屋根の下のホールを、女の子とペアになって手をつなぎ、一組ずつスキップで一周する。みんなの視線が自分に集まっている。その時のどうしようもない気恥ずかしさが幼稚園生活でもっともよく記憶に残っていることだ。

〈25〉生活感

こうして記憶の内容をつぎつぎに書くことでぼくが残し

たいのは、帯広時代の幸福感である。幼年期はすべてそうあるべきだと言い切る自信がぼくにはある。

人間としてぼくは臆病で欲張りだから、作家としてもまず幸福な主人公を書きたいと思っている。不幸は幸福の喪失として、あるいはそこから救い出されるべき境遇としてのみ扱われるのであって、最初から不幸だけを詳細に書くという姿勢はぼくにはない。

それでも、子供ながら、不幸というものを垣間見ることがないではなかった。祖母はそういう話題が子供の耳に届かないようにとガードしていたから、具体的な話は知らない。それでも、世の中には不満も不平も苦しみも悲しみもあるのだということを、ぼんやりと読みとった。

夕食の時に、祖母が祖父に、今日は誰それが来てこぼしていったと報告する。子供が知っている「こぼす」は食べ物を箸や匙から落とすことだったから、この場合の意味はよくわからない。

その日の昼間のことを思い出してみると、話題の誰それさんが来て、茶の間で祖母はお茶をいれて茶箪笥のお菓子を出し、誰それさんは暗い顔でなにかを話して帰った。別に畳の上にお菓子をこぼしたようではなかったから、あの暗い喋りかたが祖母の言う「こぼす」だったのかと想像する。

人はそれぞれの境遇に応じて幸福であり、また不幸である。そういうことは小学生になってはじめてわかった。迂闊な幼児はまだそれを知らなかった。

戦後間もない時期で社会は混乱していた。みんな貧しかったし、不幸の理由は無数にあった。ぼく自身だって、父が結核になってサナトリウムに入り、東京の療養所に移り、母も父に付き添って上京して、その結果、祖父母と叔母に育てられることになったのだ。

人によってはこれを非常に不幸な事態と受け止めるかもしれない。実際、ぼくの人格形成に際してこの幼年期のありかたは大きな影響を与えた。これがなかったら、ぼくはまるで違った人間になっていただろう。しかし、ぼく自身はあの頃とても幸福だった。誰とどこで暮らすかは生活の枠組であり、その内部がどういう日常になるかはまた別の話だ。

ぼくが楽天的だったのかもしれないし、祖父母と叔母と遠方の母がみんなでぼくを保護して不幸を近づけなかったのかもしれない。ぼくは一種の繭の中にいた。その外でどれほどの生活の苦労と葛藤と憤懣があったか、ぼくは知らなかった。

祖母にはがんばりはたっぷりあり、見栄も相当あり、意地もあったが、恨みと妬みはなかった。そういう感情がぼくの周囲の誰かから伝わったことはなかった。ぼくはその後も恵まれた歳月を経て今に至り、恨みと妬みを身の内に感じることはない。

その意味ではぼくは今もまだ帯広時代に作ってもらった繭の中にいるのかもしれない。

〈26〉線路の彼方

前にも書いたように、鉄道がぼくの地理的世界観を作った。汽車に乗ることでぼくは帯広の外を知っていった。

祖父母は二十年以上神戸に住んでいたが、二人とも北海道の出身者だから、機会を得て北海道に戻った。

家での話の中に道内の地名が出ることは少なくなかった。子供は「くしろ」や「ねむろ」や「はこだて」や「あさひかわ」を耳で覚えた。地名というものがどれほど美しいか、ぼくは子供の時から知っていた。

しかし、根室本線を東に行ったことはなかった。道内でぼくが行ったことを覚えているのは、まず軽便鉄道で少し先の畜産学校（駅名で言うとどこになるか）、それから伯母や親戚がいた札幌、それに海水浴に行った小樽の三か所だけだ。

畜産学校にはタカツさんの家があった。鷹津義彦氏は父の後輩で、国文学の研究者であったことを今のぼくは知っているが、あのころは畜産学校の先生だった。馬の背に乗せられてあたりを一周したこと、落ちるのが怖くてべそをかいたこと、それだけしか覚えていない。日高の開拓者の曾孫としてはなさけない騎手だった。

そこで猫の子をもらって帰った。祖母が買い物かごの中に入れて、駅員に見つかるといけないので上から風呂敷をかぶせて汽車に乗った。小さい汽車のその狭い客車の座席で、みゃーみゃーと泣いている猫を見ようと風呂敷を持ち上げては祖母に叱られた。

ぼくは今の今までこの猫の子をかわいがったと思っていたが、先日聞いた叔母の話ではあまり乱暴をするので猫の方はぼくの姿を見ると逃げたとか。お汁粉が好きで、ぼくと並んで夢中でお汁粉を食べるという変わった猫だった。大工さんに猫小屋を作ってもらって、玄関の内側に置いて、そこで寝させた。

札幌には伯母と、母たち三姉妹の従兄弟の家族がいた。伯母は独身で大学の研究者だった。後にぼくが大学で理科系に進学したのはこの伯母の影響が大きい。

札幌では母たちの従兄弟である一族の家で市電を見るのが楽しみだった。国鉄に勤める一家で、家は電車道に面していた。食事中でも電車がガーガーと通るとぼくは箸と茶碗を放りだして窓のところまで見に行った。一度ここで花電車を見たことがある。パレードのための特別の電車で、全体に飾り付けがしてあって、お客は乗せない。とてもすごいものを見たと思って感動した。

小樽には海水浴に行った。去年小樽に行った時、地元の友人にこのことを話して、それはたぶん朝里海岸だっただろうということになった。覚えているのは砂浜に坐っていて、波が来て押し倒されて、塩水に顔を直撃されて泣いたこと。海というのは広くてどうしようもないものだった。

海とのつきあいは深く、本当に世界中の海を見たし、今も海辺に住んでいるけれども、帯広は内陸だったから、ぼくがはじめて知ったのは小樽の海だった。

〈27〉青函連絡船

北海道を出たために、小学校から先は東京で育ったために、一年生の夏に帰郷してあとは再訪もかなわなかったために、ぼくの六歳までの記憶はきちっと封印された。その後と混じることがなかった。

入学の前の夏、ぼくは東京に行くことになった。それまでは母のいる町という抽象的なものに過ぎなかったのが現実のものとして迫った。東京について聞かされたのは、札幌より大きな町であることと、上野というところに汽車が着くことだけ（「下野はないの？」と聞いたおぼえがある）。

帯広を出たのは夜だった。その時に協会病院の家から駅まで生まれてはじめて自動車に乗った。オート三輪の後ろに箱型の車室をつけて（さすがに四輪だったかもしれないが）、その中にベンチ・シートがあるような、一種のハイヤー。それに乗って、暗い道を駅へ行った。祖父祖母と別れ、叔母と一緒に汽車に乗った。

青函連絡船には、高校以降は別として、この時と翌年の夏の往復の三回乗っているから、印象は重なって強化されている。あの樺色で先端四分の一が黒で「エ」の字のマークのある四本煙突、そこから出る煙の匂い（ディーゼル・エンジンだから、重油の排気で、石炭を焚く汽車の煙とは匂いが違う）、広くて真っ平らな船室、狭い急な階段、海の上にいるというおちつかない気分。

この時の体験があるから、一九五四年の洞爺丸の事故は強い印象をぼくに残した。台風で沈没したのはぼくが乗ったことのある船だったかもしれない。

船を降りてからの東北本線は、ただただ長い汽車の旅として覚えている。明け方、あの緑の羅紗の固い座席で目を覚まして、大人たちはまだみんな寝ていて、窓ガラスは曇っている。手でこすって曇りを取り、冷たいガラスに額を押しつけて外を見る（しかしこれは冬の汽車ではないか。どうも記憶が混乱しているようだ）。

北海道と違う土地に来たと思ったのは、いやに山が迫って狭苦しいところを走っているという感じのためだった。遠くが見えることがなく、いつも山肌が目の前に迫っている。トンネルが多い。

こうやってぼくは北海道を出た。戻って暮らしたことはない。今は遙かに遠い沖縄にいる。しかし、帯広はその後もずっとぼくについてまわった。

小学生の頃、周囲のみんなと自分は違うという子供らしい見栄のよりどころが北海道だった。自分にアイヌの血が混じっていたらと夢想したこともある。北海道を強化したかったのだ（静内で曾祖父がアイヌの人々と親しかったと知るのはずっと後のことだ）。

子供時代というのは、他人に向かって提示できる自分像を作るのに必死な時期である。成績などとは違うものを指標にしたい。それが北海道だった。

このキーワードはまだ有効であって、ずいぶん移動を重ねたけれども、ぼくは四代目の北海道人だと今も思っている。

（２００１年５〜11月）

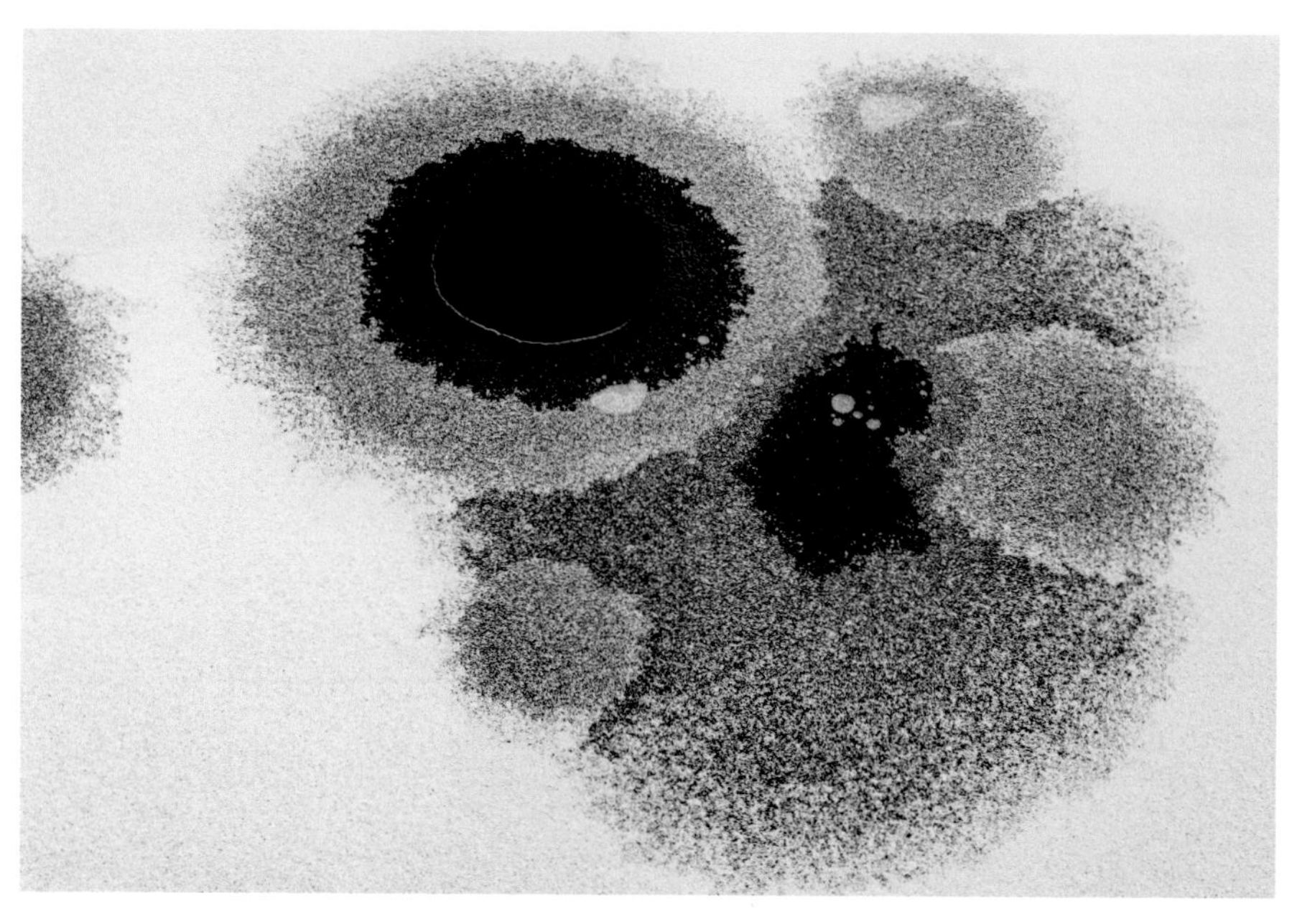

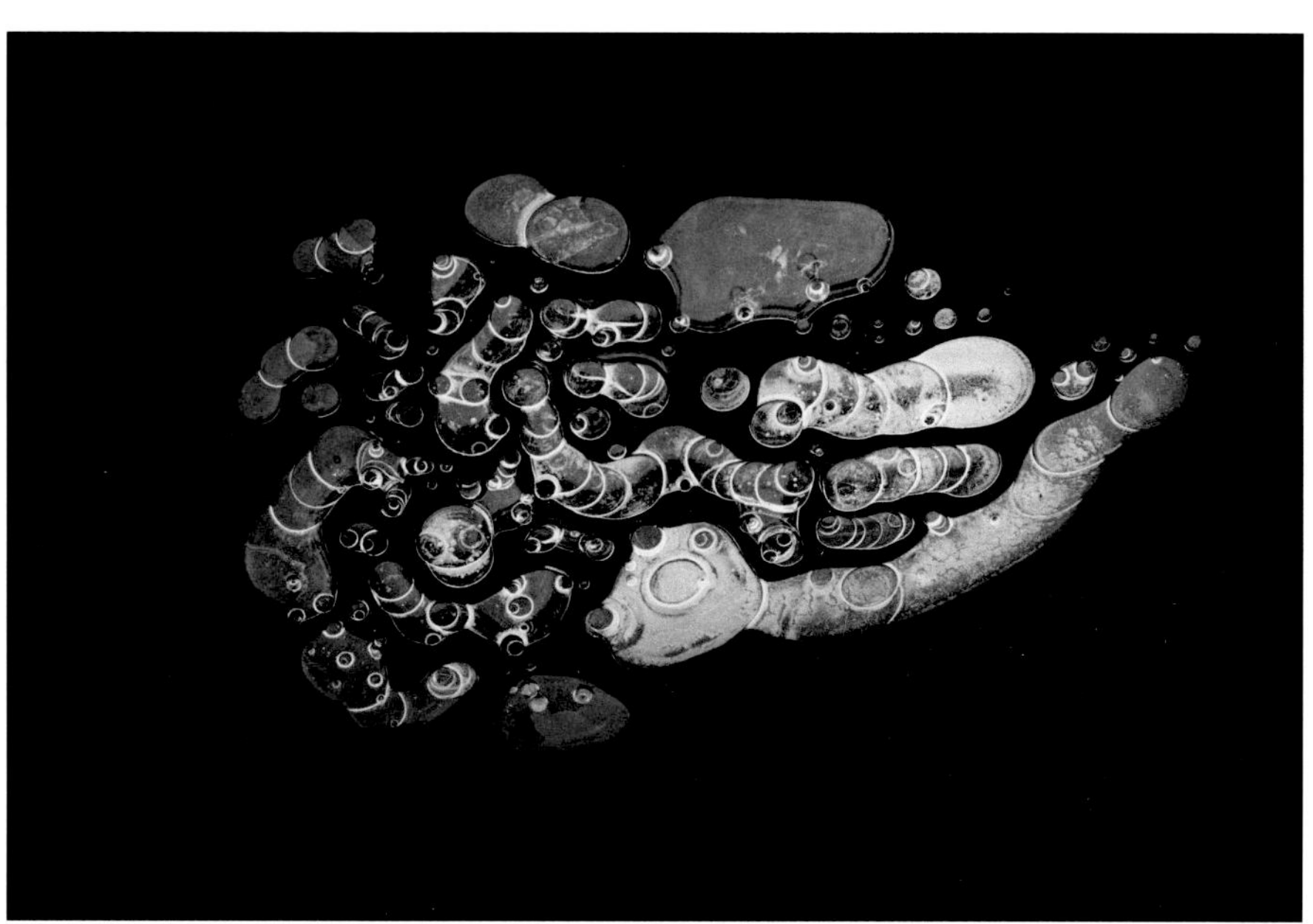

野の章

相原求一朗の風景

何年か前に数日の予定で帯広に帰った時、友人に聞いていた中札内美術村のことを思い出した。彼は以前この町に来た時にここを見つけて、得意になってぼくに話した。とりわけ相原がいいと言う。相原？　それ誰？

気になっていたので行ってみることにした。

帯広はぼくが生まれたところだから、二日でも三日でも「帰った感」が強い。それでもこの美術村のことは知らなかった。

広い明るい柏の林の中にいくつかの小さな建物が点在している。その一つに相原求一朗という画家の作品がたくさんあった。北海道の風景が多かった。見てゆくうちに呪縛された。

本当に視線が絵に吸い込まれて、その場から動けなくなった。

帯広で生まれたから、ぼくが初めて見たのはここの風景だ。

広くて、平らで、道幅があって家はまばら、遠くに山並みが見える。冬はすべて雪。

それがずっとついてまわる。世界中どこに行ってもこれを基準に比較して理解する。

相原求一朗は正にそれを描いていた。

懐かしいと言っていいのかどうか。町の中で育ったぼくは牧草地は知らない。木が一列に並んだ防風林は見ていない。それでも彼の絵は心の深いところに訴える。大きな画面に細密に描かれた冬の風景。寒々として、見る者を突き放して、それと同時に引き寄せもする山、荒野、幹と枝ばかりの木々。空気の奥行き。

北海道の山々を描いたシリーズの中に「十勝幌尻岳」があった。じっと見ているうちに、いったい画家はこの山をどこから見たのか知りたくなった。地図を見ると、候補地は一つしかない。八千代牧場だ。

車を飛ばして四十分ほど。ぼくはその場に立った。少し雲がかかっていたが山容は見えた。満足はしたが感動というほどではない。実物には絵に込められた人間的な意味がない。ぼくを動かしたのは山ではなく相原という画家だった。

それ以来、いつもこの画家の絵が目の中に見える。

彼がイーゼルを立てた場所に自分も立ってみる。絵を見るにはちょっと変なやりかただが、道内の旅をするたびに実行してきた。

「小樽運河・橋とコンクリートの倉庫」という絵のポイントは探しやすかった。彼がこれを描いたのは一九八一年だが、この建物は今も運河の北端にそのまま残っている。背景の橋が変わったくらい。画面はほぼグレーだが、そのグレーの色調がなんとも言えず奥深い。

先週、帯広に戻る用事があった。

これを機にずっと気になっていた疑問を解こうと思った。なぜ中札内に美術村ができたのか？

ここを運営しているのは六花亭である。製菓会社のメセナ。ここがさまざまな文化事業をしているのはよく知っているし、子供の詩を集めた雑誌「サイロ」のことなど少しお手伝いをしたこともある。でも絵のことは知らない。坂本直行の絵を包装紙に使っているのと関係があるのか？

幸い社長の小田豊さんは旧知の仲だ。話を聞きたいと言ったら、中札内まで来てくれた。

そもそもの始まりは、彼が相原求一朗の絵に惚(ほ)れ込んだことだという。坂本直行の作品を展示する施設のことを考えている時に雑誌で相原の「幸福駅　二月一日」という絵に出会った。遠近法そのままに奥から手前に線路が伸び、野ざらしのプラットホームがあって、それを針葉樹の林が左右から囲んでいる。

この絵を入手した後で小田さんは川越（埼玉県）のアトリエまで画家に会いに行き、北海道の山を描いていただけないかと頼み込んだ。七十歳ちかくになっていた画家がこのプランに乗った。そして十点のシリーズが生まれた。

もっぱら冬景色である。彼は「十勝幌尻岳の美しさは冬にとどめをさす」と書いている。それはそうだろうが、厳冬期によく現地に行って、変わる天候の中で好条件の日を待ち、スケッチを重ねて、最終的に大きなタブローに仕立てられたものだ。努力と体力にまた敬意を覚えた。

そういう興味もあるから彼が立ったその場に行ってみたいと思ったのだが、季節まで合わせるのはなかなかむずかしい。

相原求一朗追跡プロジェクト（要するに道楽、上等な暇つぶし）、今回は「利尻富士」を実行してみようと思い立った。

千歳から利尻までは飛行機を利用した。旅では偶然の力がことを左右する。たまたま乗った席が左の窓側だった。目の先に独立峰が見えてきた。鋭角的な山頂と左右に伸びる美しい稜線。正に目当ての山だ。

問題は天候。高い山には雲がかかることが多い。運が悪ければ麓まで行っても何も見えない。この日の予報は曇りから晴れだから見込みがないわけではないぞ、と自分に向かって言う。飛行機から山巓を遠望して喜んだのはいいが、島に近づくとやはり下は雲の海。着陸したらもう山頂は見えないだろう。

危惧のとおり、空港から見る山は雲に隠れていた。ともかく車を借りて走り出す。時計の針と逆の向きに島を一周する。

相原求一朗の「利尻富士」は山を正面から描いているが、手前に少しだけ海が見えている。これが彼が立ったポイントの鍵と見定めて、途中で人に絵を見せて尋ねながら、島の反対側で正解に達した。仙法志御崎公園、ここに間違いない。

川越に生まれ育った画家が、なぜ北海道に入れ込んだのか？　それは大きな問いだが、でも生前の画家にお目にかかって聞いたところで言葉での答えはないだろう。画家はすでに絵で答えを出している。

帰路に思わぬボーナスがあった。南浜湿原、ワタスゲやカキツバタに囲まれた池塘の向こうに利尻富士がある。美しいが、しかし求一朗さんならば描かなかった風景だ。

（２０１５年７月）

普天間と辺野古と苫東

沖縄は北海道からどれくらい遠いか？

札幌と那覇の間は二千二百五十キロ。実は北京の方が那覇より近い。心理的にはどうだろう。国内だからパスポートはいらないし、換金の必要もない。言葉もそのまま通じる。直行便の飛行機で三時間三十五分の魅惑の観光地。

では道民としてのあなたにとって、普天間基地はどれくらい遠いだろう？

沖縄県宜野湾市にあるこのアメリカ海兵隊の基地は面積四・八平方キロ、モエレ沼公園の二倍半ほどの広さだ。市街地の真ん中にあり、周囲には小・中学校と高校、大学、合わせて十六校がある。その他に保育園と幼稚園。

滑走路の長さが二千七百メートルだから、札幌の大通に沿ってテレビ塔から西二十二丁目までくらい。人口密度も札幌のこの地域と変わらない。そこに民間機よりも格段に事故率の高い、そして騒音のすさまじい軍用機が日に平均八十回ほど離着陸する。ヘリが大学に落ちたこともある。

普天間第二小学校・普天間第二幼稚園は校庭・園庭がフェンスで基地に接している。滑走路への進入コースから百二十メートルしか離れていない。着陸するパイロットの顔が見えるほど。アメリカきってのタカ派のラムズフェルド元米国防長官が視察して、ここは危ないと言った。

一九九六年四月、橋本首相とモンデール駐日大使の間でここの返還が合意された。それから二十年、普天間基地は危険を承知で運用が続いている。この先も返還の実現は遠い。

遅れた理由の第一はこれを機に大きな便利な代替基地をというアメリカ側の強欲。第二はひたすらこれに迎合する日本政府の卑屈な姿勢。第三には代替地として名乗りをあげる自治体が本土（日本国から沖縄県を除いた一都一道二府四十二県）にないこと。

沖縄は七十一年に亘（わた）って米軍の重圧に耐えてきた。県内の辺野古への移転は受け入れられるものではない。

二〇〇五年十月、在日米軍の再編についての日米協議の場で、アメリカ側のリチャード・ローレンス国防副次官が移転先として「北海道はどうか？」と言った。

町村信孝外務大臣は「ほっ、ほっ、ほっかいどう」と繰り返すばかりで言葉を失った。翌日、町村外相は米側に「高橋はるみ北海道知事も受け入れられないと言っている」と断った。後に琉球新報の記者に問われた町村さんは「覚えていない」と答えている。そういうやりとりがなかったとは言っていない。

その九年前の一九九六年、守屋武昌防衛審議官（当時）が、移転先として苫東工業団地をアメリカ側に提案している。苫東の再開発は不発に終わり、千八百億円の赤字を抱えていた。今の普天間基地の倍の面積が空いている。整地済みだからすぐにも滑走路が造れる。人口密度は低く、太平洋に面しているから騒音の害も少ない。

守屋の時も町村の時も、移転案はまったく無視された。二〇〇五年にアメリカ側は別海町の自衛隊矢臼別演習場を検討の対象にしたが、この案も日本政府が即座につぶしたらしい。それに苛立ってアメリカは町村さんを揺すぶったのかもしれない。

更にその八年前、一九九七年の末にぼくは自分で見つけた代替地案を公表した。

鹿児島県の種子島の西にある馬毛島。無人島で、南北四キロ、滑走路が造れるほど大きく、平坦で、種子島からは十二キロと充分に遠い。個人所有で買収は容易。嘉手納からも岩国や佐世保からも一時間の飛行距離。理想の地ではないか。

政府からは何の応答もなかったが、「種子島平和委員会」から抗議の手紙が来た——「この平穏で文化の香り高い種子島の近くに、そんな物騒なものを造ってもらっては迷惑千万です」そうだろう、とぼくも思う。物騒であって迷惑千万。では、沖縄県の人たちはなぜそれを引き受けなければならないのか？　海の真ん中の馬毛島ならば、あるいは広くて閑散としている北海道ならば、事故の危険率は何桁も低くなるのだ。

ぼくはここで、敢えて道民のみなさんを挑発している。なぜ苫東ではいけないのか？　仮に札幌の大通に基地があって、事故が多くて悪評のオスプレイが飛び交っていたら、あなたは苫東への移転に反対するか？

海兵隊の主務は有事にアメリカ国民を救出することであり、辺野古移転が仮に実現したとしても二千名規模の兵力は抑止力にはならない。

そもそもなぜ日本国に外国の軍事基地があるのかという議論も大事だが、議論の間も普天間の子供たちは危険にさらされている。

（２０１６年７月）

交通という権利

日高線の鵡川と様似の間が高波の被害で不通になってからもう二十一ヵ月になる。鵡川より南の約七万人の人が鉄道による札幌へのアクセスを奪われたままで、復旧の目処(めど)はたっていない。

ＪＲ北海道は赤字路線だからと言って、復旧後は沿線の自治体に年間十三億四千万円の負担を求めている。自治体の方はそんな金はないと言う。このままでは日高線は消滅してしまう。むしろその方がありがたいとＪＲ北海道は思っているのではないか。

ことは日高線だけにとどまらない。赤字路線を切り捨てていけば北海道にはほとんど鉄路は残らない。もともと広大で人口密度の低い北海道は鉄道事業の経営にとってハンディキャップが大きい。

しかし、鉄道というのは事業として経営すべきものなのだろうか？

上岡直見さんの『鉄道は誰のものか』（緑風出版）という本が斬新な正論を書いている。公共の交通機関について、日本ではそもそも最初から考えかたが間違っていると言うのだ。以下はもっぱらこの本の受け売りである。

論拠の基礎は憲法。例えば、鉄道を廃止して高校生の通学の手段を奪うことは第二六条の「教育を受ける権利」の侵害に当たる。

通勤について言えば、第二七条はすべての国民に「勤労の権利」があると言っている。そもそも第二五条の「健康で文化的な最低限度の生活を営む権利」の中に低廉で快適な交通ということは入っていないのか。

鉄道は弱者の交通手段だ。車を運転できない未成年や老人、車のない貧しい人は鉄道に頼るしかない。バスがあると言っても利便性と快適性において鉄道に大きく劣る。そのバスだって赤字を理由にどんどん減便される。

近代国家の任務の一つは国民の間の平等を確保することだ。運悪く生活費が足りない人の収入を補填（ほてん）する。交通でも遠隔の地の不便を補填する。なぜならばそこもまた国土なのだから。

鉄道が営利事業であることの歪（ひず）みは他にもある。札幌周辺の朝夕のラッシュアワー、なぜあんなに込むのか？　みんな我慢しているけれど、要は供給が需要を大きく下回っているということ。通勤時の客は利に繋（つな）がらないから投資が行われない。快適に乗れて当たり前であるはずなのだ。

フランスを例に取ると、都市交通において運賃収入は二割程度で、残りは都市交通税に依（よ）っている。負担するのはその都市で事業を営む法人。そういうやりかたもある。

鉄道の撤退は地方社会を壊す。財政的に考えてみよう。鉄道がなくなるとみな通勤も車に頼るしかない。渋滞が発生するが、計算すればこれで社会ぜんたいは赤字になるのだ。

福井県の京福鉄道が連続事故で長く運休した時、利用者はしかたなく車に頼った。慢性的な渋滞。冬季になると雪のせいでいよいよひどくなる。

これを機に「えちぜん鉄道」が発足したが、その費用対効果は十年間で、費用の五十八億円に対して便益が百十億円だった。

営利事業は利用者の苦役を計算に入れない。混雑率二〇〇％の電車で通勤することは国民の基礎体力を奪っている。乗っている時間が、立って吊革(つりかわ)につかまっていると二倍にも感じる。その疲労を会社に持ち込む。ストレスがたまる。
込むからこそ整列乗車などと上からのマナー強制がひどくなる。乗客同士のトラブルも増える。電車に乗るだけで我々はどれだけ「あれをしろ」、「これをするな」と命令を受けていることとか。企業戦士の絶対服従は通勤から始まっている。それに耐える日本人は悲しくはないか。

百年前、阪神急行電鉄を創始した小林一三は「綺麗(きれい)で早うて。ガラアキで眺めの素敵(すてき)によい涼(すず)しい電車」と宣伝した。これが鉄道のあるべき姿なのではないか。

高度資本主義国家のもとでは、国の運営には営利と理念という二つの原理がある。そして、ここ何十年かの日本では営利の方が優先されすぎているように思う。この五十年ほどの間で、交通手段への設備投資額は道路の九二％に対して鉄道は八％。この数値がそのまま営利と理念の比になっているのではないか。

国民には地方都市に住む権利があり、その先の山奥にも住む権利がある。そこでも「健康で文化的な最低限度の生活を営む権利」は保証されなくてはならない。

平等という理念が近代国家の基礎だから。

（２０１６年10月）

原野に線を引く

北海道が住み心地がいい理由の一つに合理的な都市計画がある。

道路の幅が広く、街区のサイズも大きいから、全体に余裕があって、見渡せば空だけでなく町もひろびろだ。街路はみな直交していて、数字だけで住所が決まる。

これに比べると内地の町は狭い曲がりくねった道の両側にごちゃごちゃと建物がひしめいていて、いかにも窮屈だ。逆に、それに慣れた人にすれば北海道の市街はがらんとして殺風景ということになるのだろう。

合理的な理由は簡単、原野に開かれたからだ。最初期の都市計画者は一切の過去のしがらみのないまま、定規だけでプランを作ることができた。行政官としてこれほどの幸運はなかなか得られるものではない。

札幌を例に取れば東西南北を軸に、幅十一間（約二十メートル）の道路で区切って六十間（約百十メートル）四方の街区を碁盤状に並べる。一本だけ幅五十八間の大通を東西に走らせ、北側は官庁街、南は民間と振り分けた。

よくこれだけの道幅を採用したと感心する。関東大震災の後、同じように自由な都市計画の機会を得た後藤新平の東京市改革案は狭量な連中の反対に遭ってほとんど実現しなかった。

大胆な道幅を選んだ理由は馬車と馬橇（ばそり）の普及を見越してのことだっただろうか。火災の類焼を防ぐ目的もあったかもしれない。

京都の市街が参考になったという説もある。京都すなわち平安京も何もないところに造営された都市であり、古代だから可能なことだった。モデルは唐の長安。

また、北海道の都市が内地に比して自由に造れた理由の一つに城下町でなかったことがある。（松前を別とすれば）中心に城を置く必要がなかった。この対比はヨーロッパとアメリカの間にもある。新大陸の都市には城壁がない。

碁盤状のプランと道の幅は開拓判官島義勇（しまよしたけ）と同じく岩村通俊（みちとし）が基本を作ったとされている。これが明治二年（一八六九年）から三年にかけてのこと。

明治五年にアメリカに留学した大鳥圭介から開拓次官黒田清隆に当てた手紙がある。その中で大鳥はこう言う——「一例に米国ヒラデルヒヤの都は、町街碁盤の目形にて、東西の町筋は地名又は人名をつけ、南北は何れも番号を以て唱申実。加え、一町内は必ず百番宛の番号を附け有之候間、例之ば何町の八百五十番と申候得ば、八番町の中程と申事相分り、便利格別」（柳田良造『北海道開拓の空間計画』より）

当初、札幌の通りには「渡島通」、「小樽通」、「虻田通」などと名が付けられていたという。それが明治十四年（一八八一年）になって条と丁目に変更された。

しかし、大鳥の手紙を読んだ後で現在の札幌を見てみると、一つ重大な相違がある。条と丁目を振られているのは街区であって道路ではない。欧米とはここのところが根本的に違うのだ。

欧米では通りに名が付いている。そして家ごとに番地が振ってある。右側が偶数、左側は奇数。だから通りの名と番地だけで家が特定できる。タクシーの運転手は手元の地図帳の索引で街路名を知って番地まで直行する。昔ぼくが住んでいたアテネの家はニンフェウー通り10だった。この二語だけでお客はぼくの家に来られた。

今、札幌の交差点に立ってみると、四つある交通信号にそれぞれ違う地番が書いてある。街区ごとに番号を振るからこういうことになる。

この方式は行政にとって便利で、住民にとっては不便だ。郵便局員は住居表示のままに郵便物を束ねて一周すれば配達を終えられる。しかし、カーナビが普及する前、東京をはじめどこの町でも住所を告げるだけで目的地に行くのはまず不可能だった。

日本にも通りに名を付したところが一つだけある。北海道の都市計画のお手本となった京都。

東西で言えば——

丸太町通り
竹屋町通り
夷川(えびすがわ)通り
二条通り
押小路(おしこうじ)通り
御池(おいけ)通り
姉小路通り
三条通り

六角（ろっかく）通り
蛸薬師（たこやくし）通り
錦小路通り
四条通り
……
という具合で、覚えるための歌まである。
しかしこの通りに沿って番地が振ってあるわけではない。歴史的経緯もあって、京都の住所はとても煩雑。ぼくが好きなSという宿は「京都市下京区木屋町通仏光寺下ル和泉屋町＊＊＊」にある。京都市や東京都新宿区が機械的な住居表示を拒んだのは歴史の尊重という意味では評価できるが、使い勝手から言うとこれもなかなか難しい。
こういう論議も結局はカーナビに一掃されてしまうのだろうか。

（２０１７年10月）

美唄、美深、美瑛、美々、美幌

北海道の地名を見ていると、人がどういう原理によって土地に名を付けてきたかがわかる。

地名は実用である。

あの川のあの沢を半日ほど上ったところで大きな熊に出会った、ということを友人に伝えるためにはそこに名がある方がよい。「あの」だけでは場所は特定できない。

集落に名がなければ他所(よそ)の人に会っても名乗りようがない。

北海道では基本的に地名はアイヌ語起源だ。

彼らは自然に近いところで暮らしながら、地形などの特徴を読んで地名を作った。だから地名にはゆるぎない根拠があった。

今回の表題はたまたま美の字のつく地名を並べただけでそれ以上の意味はない。文字と響きがきれいだと思ったに過ぎない。

美唄(びばい)は元のアイヌ語ではピパオイ、「カラス貝がたくさんいるところ」だそうだ。

美深(びふか)はピウカ、「石原」の意とか。

美瑛(びえい)は二つの説がある。ピイェ、すなわち「脂ぎった（白濁した）川」か、あるいはピイ・ペッ、つまり「石・川」。

美々(びび)は川が何本もあるところ。美幌は石が多いか水が多いか、二つ説がある……と一つ一つ説明しながら、ここはみな振り仮名が要るだろうと考えた。道民だって読めない地名はたくさんある。

北海道は難読地名の宝庫だ。これがちょっとクイズめいていて、一つまた一つと覚えてゆくのがなかなか楽しい。

年末の大雪の時、たまたま東京にいて、札幌の家に帰るのにずいぶん苦労した。羽田で乗る予定の便は六時間ばかり待たされて、結局は欠航。そこで急ぎ新幹線に切り替えて、最終便で函館に着き、ここで一泊。しかしその先は汽車もバスも満席なので、レンタカーにしたが、これも札幌近郊の渋滞などで三百キロに九時間かかった。もともとの予定から二十七時間の遅刻。

道央道を走っていて、次々に現れる地名に魅(み)せられ、家に戻って『角川日本地名大辞典』で語源を調べた。

森(もり)は誰か人の名かと思ったら、アイヌ語のオニウシ、つまり「樹木の繁(しげ)る所」を意訳したのだという。

おもしろいのは黒松内(くろまつない)。

語尾が「ナイ」なのはアイヌ語らしいが、黒松は和風に見える。これはクルマッナイ「和人の婦人の沢」の意だという。その人は何をしていたのだろうか、と興味をそそられる。

国縫(くんぬい)は響きが美しい。意味は「暗い川」か「黒い野火」だというが、しかし「黒い野火」とは何か？

「和人の婦人の沢」と「黒い野火」だけで短篇(たんぺん)小説が書けそうだ。

本来ならばカタカナのアイヌ語に漢字を当てる。移住した先々でちょっと物知りの和人がその任に与(あずか)ったのか、字の選択が凝っている。鵡川(むかわ)の鵡なんて、鸚鵡(おうむ)以外では使うことのない字だ。

　カタカナのままの方がアイヌ語起源がわかっていいという意見がある。札幌はサッポロに戻そう、と。これも一理あるとはぼくも思う。

しかし、カタカナだけというのは却(かえ)って読むのがむずかしいのだ。漢字は絵に似て視認しやすい。自分では書けない鵡の字も見ればわかる。

アメリカ人はハワイを武力で占領したが、地名には手を付けなかった。本土のニュー・ヨーク（新しいヨーク）の方式を採用しなかった。もっぱらハワイ語のまま。

ハワイは雨の多い土地で、だからワイつまり水に縁のある地名が多い。

ワイキキ　吹き出す水
ワイナニ　美しい水
ワイコル　三つの水
ワイマナロ　飲める水
ワイオリ　喜びの水
…………

かぎりなくある。

漢字を当てれば紛らわしさも減るはずだったが、英語に漢字はない。

近年になって人が自然から離れた分だけ地名も恣意的になった。

幸福、愛国、平和などの抽象地名は土地とのつながりが皆無というところが寂しい。それでもずっと使っていれば愛着は生じるのだろうが。

最近では商品名としての地名が増えた。新興住宅地に見栄えのいい名を付ける。その結果（これは内地の例だが）、「ひばりヶ丘」のような地名ばかり。ヒバリはいないし、だいいち丘でさえない。希望ヶ丘に希望はあるか？

札幌はしかし羊ケ丘を誇っていい。あそこはたしかに丘であり、月寒種羊場があった。由緒正しいのだ。

その一方、月寒を「つきさむ」と呼ぶのはもったいない気がする。若い人々は「つきさっぷ」という読みを知らないだろう。ましてアイヌ語のチキサプ、「木をこすって火をつける所」の意味ははるか遠くなった。寒い時の焚き火の喜びが失せた。

（２０１７年１月）

帯広双葉幼稚園

世の中には、自分の身に直接かかわるわけではないのに嬉（うれ）しいニュース、というものがある。先日、帯広の双葉幼稚園の建物が重要文化財に指定された、というのが正にそれだった。昔々ここに通っていたから縁はあるのだが、それでもまずは遠い話。どこか親類の長老が叙勲、という感じのめでたさである。

特異な建物だったことをよく覚えている。真ん中に丸い大きなホールがあって、その周囲に四角い小さな保育室が四つ配置されている。小人数の時は小さな部屋で、全園児が集まってのお遊戯にはホールが使われる。

例えば、女の子と横に並んで両腕を交差させて手をつなぎ、スキップでホールを一周する。二人ずつ順番にやるのだが、他の子たちや先生がまわりでみんな見ているのだからとても恥ずかしかった。集団の中で個であることの戸惑いのようなもので、五歳の子供でもそういう感覚はある。

いい機会なのでこの幼稚園を見学に行った。駅から一キロほど、当時のぼくの家からは四百メートルの近さだった。

正面に立って、まず保存のよさに驚く。竣工（しゅんこう）は一九二二年だからほぼ九十五年たっているのだが、すっくとそびえて盤石という感じ。帯広がほとんど空襲を受けなかったなどの幸運以上に、この建物を維持して活用するという関係者の意思が感じ取れる（幼稚園としては四年前に閉園）。

その関係者の代表として川村善規さん、河西道世さんと川田ノリ子さんが迎えて下さった。招じ入れられてホールに立つ。見上げて、こんなに天井が高かったかと思った。図面によれば頂点までは七メートルある。子供の日常では体験したことがないもので、このとんでもない容積感に圧倒されたことを思い出した。

一九二二年、大正十一年にこれは帯広の人々にとってどれほど新しいものであったか？　こんな建物が他になかったのは確かだが、それ以前にそもそも幼稚園という概念が新しかったはずだ。

双葉幼稚園はこの建物ができる前、一九一一年に「双葉園」として別の場所に創設された。主体は聖公会というキリスト教の一派。彼らがフレーベルの流れを汲む幼児教育の思想に基づいて幼稚園という施設を日本にもたらした。

その一方で、北海道人にとっては新しいものは珍しくなかったのではないかとも思う。アイヌ文化を別にすれば、ここは何もないところから始まった土地だった。みなが移住者であり、すべてが新規のものだった。都市計画に沿って原野に造られた町が近世日本のどこにあったか？　平安京や江戸開都以来のことなのだ。

しかもその都市計画のモデルはあきらかにアメリカの地方都市である。初めから馬車の利用を前提としたから道は広く、過去の制約がないから街路は直交するように開かれた。産業は、米が穫(と)れないから畑作や牧畜をもっぱらとすることになった。

十勝が晩成社の手で開かれてから三十九年の後に双葉幼稚園の建物ができた。四十年もたっていない。今からほぼ四十年前と言えば、石川さゆりが「津軽海峡・冬景色」をヒットさせた年だ。つい先日という感じ。

今の北海道に東京と無縁な発想で新しいものを作る意欲がどれくらいあるだろう?

双葉幼稚園の驚きはそれだけではなかった。

昔からの文書がきちんと整理されて保管されていたのだ。ぼくは一緒に行った友人たちと自分に関するものを探した。

まず見つかったのが退園の記録。一九五二年(昭和二十七年)五月十二日の保育日誌に「緑組福永夏樹さんは東京の両親の元へ帰るので皆にお別れの挨拶(あいさつ)をする」とある。ぼくはずっと自分の上京の日時を確定したいと思っていたが、これで初夏であることがわかった。

更(さら)に、昭和廿五(二十五)年三月五日の日付、祖父の名による入園申込書というのが出てきた。ぼくの名があり、「右之者入園為致度入園ノ上ハ園則其他(そのた)堅ク可相守候ニ付経歴書相添へ此段(このだん)申込候也」とある。

で、問題はこの経歴書。「種痘済　麻疹(はしか)否」とか、「食物其他ノ好嫌」に「若干好嫌アリ」はいいとしても、「気質(内気勝気等)及ビ癖」には「陽気ナレトモ少シ我侭(わがまま)ナリ」と書いてある。

ああ恥ずかしい。

(2017年7月)

リラが白や薄紫の花を咲かせる頃——福永武彦の帯広

人間的に意味づけられた土地をトポスと呼ぼう。

作家にはトポスを重視する者とそうでない者がいる。前者の典型は『ユリシーズ』を書いたジェイムズ・ジョイスで、ダブリンという都市がなければこの大作は成立しなかった。執筆は彼がここを離れてから始められ、帰ることのないままに七年かけて完成された。

福永武彦の場合はどうだっただろう？

『草の花』は清瀬の療養所を枠として、その中に一高の寮や伊豆の戸田の合宿所などの過去の話が回想として出てくるが、しかしこれらの土地が物語を生みだしたわけではない。

九州の柳川に繰り広げられる「廃市」という中篇があるけれど、あのぬるい水が匂い立つような話では町はいわば演劇でいうところの背景幕であってそれ以上ではない。そもそも作者は現地に行くことなく写真集をもとにあれを書いたと告白している。写真に喚起されたフィクションであることを想像力の成果として誇るかのごとくだ。

しかし、帯広という土地については事情が異なるとぼくは考える。彼はここで足かけ三年に亘って暮らしたし、それは運命的な要素の多い濃厚な日々だった。

彼が初めてこの町に来たのは一九四五年の四月、つまりまだ戦争のさなかだった。妻である詩人・原條あき子の実家がここにあって、それを頼っての疎開。九州で生まれてもっぱら東京で育った彼にとっては北の地はよくも悪くも新鮮だったはずだ。

その夏、この地で彼ら夫婦にとって初めての子供が生まれた（つまり、ぼくだ）。しかしこの小都会では職がない。終戦の後、九月に彼は仮の宿と思っていた帯広を出て東京から西日本まで広く職探しの旅をしたが、思わしい結果は得られず、翌年の一月にまた帯広に戻った。そしてここで幸いにも帯広中学（今の帯広柏葉高校）の英語の教師になることができた。

この僥倖によって親子三人ようやく人並みの暮らしができるようになった。幼い時に母を失った彼にとっては初めての家庭生活である。知的な会話ができる友人たちにも恵まれたし、この町の文学青年たちと語らって同人誌を出すこともできた。東京にいる昔の仲間との行き来も絶えておらず、中央からの執筆の依頼も少なくない。いずれは東京に帰るつもりだったにしても、とりあえずは充ち足りた日々。

しかし、一年と少しの後、彼は結核を発病した。療養所に入ったけれど、ここではむずかしい手術はできないと言われて東京の清瀬のサナトリウムに移った。以後、戻ったことはない。これが福永武彦にとっての実質的な帯広体験のほぼすべてである。

この体験から帯広を舞台とした話として、「心の中を流れる河」、「世界の終り」という二つの長めの短篇と、未完に終わった『夢の輪』という長篇が生まれた。これらの中で帯広は寂代（さびしろ）と名を変えて使われている。平仮名で四文字のうちの二文字が入れ替わって地名の印象はまるで違うものになる（ローマ字で書けば文字の入れ替えはもっと少ない）。ここは「寂しい」ところなのだ。文字を変えることで帯広は文学的なトポスになった。
淋しさ、悲しさ、生の孤独、愛の困難、死の不安……そういうテーマをこの作家は何度となく書いた。『草の花』は主人公の自死に近い手術志願で終わるし、『海市』のヒロインも孤独な死を選ぶ。『死の島』の終わりにも死が待っている。だから寂代を舞台とする話に登場する人々があまり幸福に見えないとしても、それは作家としての資質の故であって帯広のせいではない。だいたい彼らは誠実すぎる。

「世界の終り」の語り手である女は少し精神に異常を来しているらしい。その自覚の不安がぜんたいを貫いている。どの作品でも冬の暗さと寒さが人々を苛むように書かれる。

「大体この寂代ぐらい、医者と薬屋の多いところを僕は見たことがない。これは風土のせいなんです。冬の期間が長く、それも零下二十度にも三十度にもなる厳寒地で、夏は重労働、冬はストーヴのある閉め切った部屋で過ごすんですから、健康には最も悪い土地でしょう」と「心の中を流れる河」の登場人物の一人、鳥海太郎は言う。

福永武彦は私小説を否定していた。自分の生活しか素材がないというのは作家として怠慢ないし無能の証明であるというモダニズムの矜持を保った。実際には自分の体験を用いた例もいくつかあるのだが、それを標榜はしなかった。

しかし、田口耕平によれば（『「草の花」の成立　福永武彦の履歴』）、福永の寂代ものに登場する人々の多くにはモデルがいるという。『夢の輪』は群像劇だが、それぞれの背後に具体的な実在の人物の姿を透かし見ることができる。そんなことが可能だったのは彼らと作家の間に心地よい行き来があったからだ。そこで彼らをもとに作ったパペットを動かして運命の劇を展開することが可能になった。

先に引いたところでここが不健康な土地だと太郎に言わせたのは、作家自身がここで結核を得たからではないか。そういう形で彼は見聞きしたことや体験したことをいわば登場人物の上に投射する。私小説ではないけれども、私生活とまったく無縁でもない。

帯広で生まれたぼくにとってはここは間違いなく幸福の地だった。前記のような事情のために父と母はぼくが二歳三か月の時に東京に去ったが、その後は祖父母と叔母に育てられてすくすくと育った。だから例えばこのようなことをぼくは書く――

帯広の春や秋はあまり覚えていないのに、冬は明確に記憶にある。季節感がはっきりした土地だからか、夏もまた、一つの光景として残っている。病院の中庭の、テニスコートの脇あたり。クローバーの花が咲いていて、時間は夕方。

ぼくは年上の女友だちに言われて四つ葉を探している。あるいは、花をたくさん集めて花の腕輪を作ってもらっている。草むらに転がった時の、あのクローバーの花の匂い。夕方の斜めの陽光。あれが帯広の夏だった。（「おびひろ１９５０」）

福永武彦にも夏の記憶はあったはずだ。

「六月になってリラが白や薄紫の花を咲かせる頃に、ここの道を歩き廻ると花の匂がたまらなく心をそそる」というあたりはその表れだろう（「心の中を流れる河」）。

一九四六年の夏、彼は帯広で幸福だった。それはかつて彼が知ったことがなく、翌年の夏以降には二度と体験することがないままに終わった家族の幸福、妻と子供と三人の充ち足りた日々というものだった。

彼がどんな形にせよこれを作品の中で書いたことはない。それを禁じる事情が彼の後半生にはあった。

だが、彼がこの日々を忘れたはずはない、とぼくは思っている。「お月さま、おいで、おいで／あんによ、あんによ、して、おいで、おいで／飛んで、おいで、おいで／もーちゅぐ　まんま　よー」という二歳のぼくが口にした詩を父は手帖に記した。

『海市』の最後でヒロインをそっと死の方に促すのは、恋の相手である男の子供が急病になるという不測の事態だった。男はそこで恋人ではなく幼い息子のところへ急行することを選んだ。この場面に福永の帯広の記憶を重ねるのは、愛された子供であるぼくの身に引き付けた深すぎる読みだろうか。


（2018年3月）

ジャッカ・ドフニ

北海道は日本のいちばん北にある。

我々はそれを当然のこととして日常生活を送っている。思考の枠は「日本」。今の世界では国という仕組みの力がとても強いから、国を無視して個人や集団がものを考えるのはむずかしい。

それに日本は島国であり、自然地理が国境を用意した。古代を別にすれば人の出入りも少なかった。他の国々では民族の往来がもっと頻繁なのだが。

国ではなく文明で考えてみようか。アジア大陸の東の端に中国という文明が興って人間の暮らしかたを大きく変えた。文明はとても魅力的だったので周囲の地域に浸透し、海を越えたこの島々にも伝わった。

そこから日本という文明が生まれ、律令国家が成立した。文物はみな西から来たから九州から近畿までには速やかに広がったがその先は遅く、今、北海道と呼ばれているこの島は最後になった。

その前はどうだったか。縄文文化は列島ぜんたいを覆っていた。とても高度なもので、この時代に土器から漆器までを完備したのは世界でも日本の縄文のみと言われる（例えば青森県の是川遺蹟）。

この時期にはむしろ東北から北海道の方が西よりも豊かで、それは北海道の常呂遺蹟などに歴然と現れている。圧倒的な物量と長期の継続に繁栄を読み取ることができる。

先日、それを確認したくて再訪してみた。狩猟採集経済なのに定住が可能というところに土地の豊かさが表れている。さまざまな人間集団が交替しながらここで暮らした。その跡がすべて残っている。各時代の竪穴式住居の遺構が二千以上。大地がそのまま歴史年表なのだ。

縄文時代まで遡るともう中国文明の影響はない。もちろん国境もない。自然地理に従って北海道は南の本州だけでなくサハリンを経由してシベリアへ、千島列島を経由してカムチャツカへと繋がっていた。

文明や国家が人を囲い込む以前の話、あるいはその地域外の話だ。

しかしこの百五十年の間にも行き来の事例はあった。開かれた北海道を実物で確かめようと、網走の北方民族博物館で北川源太郎の足跡を追う。「永遠のジャッカ・ドフニ」という企画展を見る。

戦前、日本政府は樺太のアイヌ以外の少数民族を敷香(しすか)に近いオタスの杜というところに強制的に住まわせた。ウィルタ、ニヴフなど五つの民族がいたと知った時は驚いた。日本のような大きな文明が一括してしまう前、人々はこんなにたくさんの小さな民族・語族に分かれて暮らしていたのだ。

ウィルタの本来の生業はトナカイの放牧だったというのも知らぬことだった。サンタクロースの橇を引くあの動物、アラスカでカリブーと呼ばれるあれが北海道の隣の島にもいたのか

（今は幌延町で飼育されている）。

「ジャッカ・ドフニ」は北川源太郎ことダーヒンニェニ・ゲンダーヌというウィルタ人の男性が網走に作った小さな博物館で、今はもうない。

ゲンダーヌさんは一九二四年（頃）、樺太に生まれオタスの杜で育った。教育を受けて敷香支庁に給仕として務め、一九四二年に徴兵された。与えられたのは、ソ連との国境を越えて侵入して敵情を探る斥候の任務だった。当時の樺太は北緯五〇度線を境に南が日本、北がソ連と分かれていた。日本の歴史に稀な陸上の国境線である。

敗戦の後、シベリアに抑留された。自由になった時、彼は帰国先にソ連領のサハリンではなく北海道の網走を選んだ。

彼には三つの願いがあった——

○戦没した仲間の慰霊碑を建てる

○サハリンに里帰りをする

○ウィルタ文化の資料館を作る

この第三の願いが地元の人々の協力のもとに実現したのが「ジャッカ・ドフニ」すなわちウィルタ語で「大切なものの家」という施設である。一九七八年に開館、主を失っても運営は続いたが、老朽化などのために二〇一〇年に閉館された（この建物とゲンダーヌさんのことは津島佑子に最後の長篇『ジャッカ・ドフニ——海の記憶の物語』を書かせるきっかけになった）。

ここの収蔵品はそのまま北方民族博物館に保管されることになり、それを公開したのが今回の企画展。

見てゆくとサハリンから運ばれたものは少ない。シャーマン（巫者）であったゲンダーヌさんの父ゴルゴロさんの太鼓などを別として、他のものはゲンダーヌさんや妹の北川アイ子さんが記憶に頼って、手元の素材で再現したものだ。

そこに感動を覚える。ウィルタはトナカイを奪われ、オタスの杜に集められ、追い詰められた果てに民族の記憶を保とうと試みたのが北川源太郎ことゲンダーヌという一人の男だった。自分たちの文化は記憶の中にしかない。それをなんとか具体的なモノにする。アイ子さんが人形を作りながら、細部を思い出して少しずつ形ができていった、と当時を振り返りながら学芸員の笹倉いる美さんが話してくれた。

こういう形でも北海道は北に向かって開かれていた。忘れてはならないことだと思う。

（2018年5月）

サハリンがチェーホフを変えた

アントン・チェーホフの生涯を見てゆくと、三十歳でサハリンという地名が唐突に現れる。これはいったいどういうことだろう。

彼は解放農奴の三代目、貧しい医学生であり、たまたま文才があったので気の利いた短篇小説を書いて雑誌に載せることで生活費を得た。一八八〇年代のロシアは雑誌ジャーナリズムの最盛期だったらしい。

短篇の次に戯曲を書いてみたらこれも評判がいい。みるみる文壇の寵児になって、女たちも寄ってくるし、まずは将来安泰と見えた。その一方でユーモラスな短篇や芝居の作家を超えなければならないという内的な要請もあったらしい。それがあるか否かが作家としての分岐点だ。

今も昔もロシアは広大な国であり、サハリンはその領土の東の端にある。あんまり遠いので流刑地として使うしかなかったようなところ。シベリアより更に遠いから孤絶感が強く、その分だけ政治犯などを流すのにふさわしかった。

チェーホフはそこに行くことに決めた。一万キロ、まだシベリア鉄道が着工さえされる前のことで、八十日をかけての大旅行である。着いた先のサハリンでは流刑囚たちの対面調査を行って、その数は一万名に及んだ。「医業は正妻、文学は愛人」と言ったチェーホフの、医業の方での大仕事。問診票を大量に用意した上で、集めたデータを統計的に解析するという手法は、今でいうところの疫学に当たる。

この調査票の束を携えてインド洋とヨーロッパを経て帰国。日本に寄る予定だったけれども、この時期はコレラの猖獗（しょうけつ）が伝えられたために香港へ直航してしまった。我々にすれば残念なことだ。

この旅の記録は五年後に『サハリン島』というタイトルで本になった。客観性を重視した報告であると同時に大量の人間観察の成果という側面もある。だからこそ——「サハリンの子供たちは、蒼ざめて、痩せて、元気がない。ぼろを着せられて、いつもガツガツしている。彼らの死亡は、……大ていは消化器の疾患に限られている。食うや食わずの生活、まる数か月もただ蕪菁（かぶ）か精々塩魚だけという栄養、低い気温、湿気——これらは子供の組織体（オルガニズム）を、大概は徐々に衰弱という形で少しずつ組織全体を変質させながら、滅ぼしてゆく」（中村融訳、岩波文庫）というような文章が書かれる。

それにしても、と後世の我々は考える、なぜあの時期に彼はサハリンに行ったのか？

本人はきちんと説明しなかった。だから、周囲の人々も、また後の世の伝記作者もさまざまに憶測を巡らした。こじれた女性問題から逃れるためというのは、なにしろ彼が人気者でしかもあれだけの美男子だったからわかりやすいが、しかし彼はそんな風に女性にのめりこむタイプではない。誰に対しても真意を見せず、はぐらかしてばかりいる。

その一方、彼は友人への手紙にこう書いている——「もうかれこれ二年ほど、特にこれといった理由もないのに、印刷された自分の作品を見るのが嫌になり、書評に対しても、文学論議にもゴシップにも、成功にも失敗にも、多額の原稿料にも――無関心になってしまった」

（沼野充義『チェーホフ　七分の絶望と三分の希望』講談社）

小説を書かなくなったわけではないけれど、書くことに手応えが感じられなくなった。打開のために旅に出る。それは作家たちがしばしば取る手法の一つである。中堅になって立場が安定するとそれが停滞に思われて、旅に出たり、いきなりマラソンを始めたり、あるいは作風をがらりと変えたり、また翻訳など別種の仕事を始めたりする。

それにしてもチェーホフの場合は二つの意味で極端だった。第一に行く先が尋常でない。ロシアの作家は旅に出るのならまずヨーロッパに行く。ドストエフスキーは博奕旅行に行っているし、チェーホフ自身だってサハリンから戻った翌年には南欧に行った。だから一万キロの彼方の辺境というのは常識の外だ。

次に、これは作家としてではなく医療者としての調査行だった。苦労の多い旅はロシアの流刑制度に影響を与えるほどの成果を生んだ。その一方、ルポルタージュとしての『サハリン島』を別にすれば、この旅を素材にした作品を特定することはできない。

だからなぜ、と後世は問うのだが、それは結果を前提にした問いではないかとぼくは思う。人生には先の展開がよくわからないまま始めてしまう大業というものがある。ちょっと自分の身の丈には大きすぎると思いながら、ふらりと一歩目を踏み出してしまう。無理を承知のはずが必死の努力を重ねるうちに、結局は当初ぼんやり考えていた以上の成果が達成される。振り返っても、なぜこの旅路を踏破できたかわからない。旅立つ時には先は見えていなかった。だから出発できたとも言えるのだが。

十九世紀のロシアの作家には社会改革というテーマがついて回った。西欧に比すれば明らかに遅れた国であり、農奴という難題を抱えており（アメリカが奴隷制度を形式的にせよ解決したのは一八六五年のことだ）、ツァーの独裁に民主主義の色を塗るのはまこと困難だった。だからドストエフスキーは革命派に身を投じて死刑寸前まで行ったのであり、トルストイは博愛的なトルストイズムの教祖になった。

同じ力がノンポリの顔をしたチェーホフにも働きはしなかったか？　彼ほどの力量のある作家がまさかサハリンをそのまま舞台にした小説や戯曲を書きはしない。そこに行ったのは医師であって作家ではない。しかしこの旅は彼を大きく変えた。人間という存在を表層的に観察して機知に富んだ短篇に仕立ててきた作家が、旅を経てずっと深いものを書くようになった。

例を挙げれば、「六号室」という中篇がある。精神病院が舞台で、主人公の医師はおよそ一般社会に受け入れられがたい性格だが、その一方で「卑劣な連中は暖衣飽食（だんいほうしょく）しているのに、正直ものは食うや食わずのありさまだ。なんとしても足りないのは、小学校、公正な地方新聞、劇場、講演会、知識人の協力だ」（松下裕訳『チェーホフ全集6』ちくま文庫）と考えている。

引用しはじめるときりがないのだが、この病院の患者の一人はこう言う――「父はわたしに立派な教育をさずけてくれましたが、六〇年代の思想の影響を受けて、むりやりわたしを医者にしたのです。もしもあのとき父の言うことをきかなかったとしたら、いまごろわたしは知的運動のまっただなかにいただろうと思いますよ」（同）

こんなに明確でなくとも、サハリン以降の作品には社会を改革しようという意思とその実行の困難というテーマが見え隠れする。しかしそれはチェーホフ自身がサハリン行きで見せたほど一途なものではない。

「生まれ故郷で」という短篇がある。サハリン行きから七年後の作。二十三歳になるヴェーラという女性が十年間のモスクワ生活を終えて郷里に帰ってくる。大きな農園の跡継ぎだが、家族はぼけた祖父と独身の叔母しかいない。故郷は懐かしいと同時に退屈で、知的刺激はほとんどない。そこで彼女は社会改革を夢想する。

「ああ、それはさだめし立派(りっぱ)で、けだかい、美しいことにちがいない——民衆に奉仕し、彼らの苦痛をやわらげ、彼らを啓発するということは。だが、彼女、ヴェーラは、民衆をちっとも知らないのだ。だいいちどうやって彼らに近づけばいいだろう。民衆は彼女には赤の他人で、まるで興味のない存在なのだから。彼女は、百姓家の重くるしい匂い、居酒屋での罵り(ののし)あい、きたならしい子どもたち、女たちのする病気の話にはとても堪えられない」（同『チェーホフ全集8』）と考え、結局は地元の医師とのごく平凡な結婚を選ぶ。

このためらい、この意志薄弱、逃避の姿勢、そういうものをアイロニカルに書くために、作家は一度は自ら「立派で、けだかい、美しいこと」をしなければならなかった。

やはりサハリン旅行は彼を大きく変えたのだ。

（２０１７年10月）

北海道論としての夕張論

どこがいちばん北海道らしいだろうかと考えてみた。よいことも悪いことも含めて、平均的な場所。いや、これからの北海道を予見させるような場所。

札幌はたぶん違う。ここは内地に依りすぎている。あるいは寄りすぎている。商業や金融で栄える都市には背後に生産地が要る。誰かがどこかでモノを作らなければ人は生きていけない。数字や商品を指先でちゃらちゃらちゃらしていても食べるものは生まれない。

昔、道東でパイロット・ファームという事業があった。世界銀行の融資で本格的な酪農経営の場を一気に作ろうという計画で、浮沈いろいろあったが、今は平均して百頭以上の乳牛を飼う農場が百十戸余り。しかし、あの方式が北海道ぜんたいに行き渡ることにはならなかった。

この場合のパイロットとは水先案内人のこと、先導役である。新しい事業のモデルになるような事業。

それならば右肩上がりの「明るい未来」ということになるのが普通だが、しかし本当にそれでいいのだろうか？　この先の日本は人口が減り、経済は縮小し、高齢化は着実に進む。

そういう未来を見通せるような場所はないかと考えて夕張を思い出した。地方自治体でありながら資本主義的な投機を試みて失敗した、というのが一般の認識だろう。

北海道はもともとが自然に頼る産業の地である。それも初めは農業以前。植えて育てるでさえなく、そこにあるものを採取して売る。その典型が鰊と石炭で、どちらも永続性の保証がなかった。鰊は魚が来なければ成り立たない。実際、魚は来なくなった。

石炭の場合は国全体・世界全体の産業構造の変化で見捨てられた。石油への転換があり、海外の露天掘りとのコスト競争があり、国内の炭鉱はみな閉じられた。

だが、その前の栄華は眩しかったのだ。

それを見ようと夕張の石炭博物館に行ってみた。地上の建物の中ではまあこんなものと思ったが、地下がすごい。地下展示室と本格的な模擬坑道が何百メートルも続いていて、実際に使われた掘削・採掘用の重機が並んでいる。

重機というもの、ブルドーザでもパワーショベルでも屋外にあれば活躍の姿が目に見えるが(例えば除雪)、地下深いところに身を潜めてしかし轟々と動く場面は知らぬ者には想像しがたい。

いや、ぼくは鉱山という厳しい労働の現場をまったく知らないわけではない。たまたまの縁で一九七三年に閉山間近の四国別子銅山の採掘現場に入ったことがあった。エレベーターで数百メートル下りてからトロッコで数キロ進む。高温多湿の苛酷な職場だった。

それを思い出しながらひんやりとした夕張の地下を歩いた。その一方で石炭の恩恵を思った。一九四五年に帯広に生まれたぼくにとって石炭は冬の生活の中心にあるものだった。晩秋に馬車で配達される一トンの石炭の量感が長い冬を予想させた。正月明けの追加の一トンは雪の上を馬橇が運んできた。

夕張は石炭で生まれた町であり、最盛期に十一万という市民のほとんどは炭鉱に関わる人々だった。だから一九八〇年代、日本のエネルギー転換が完了して石炭が見捨てられた時、炭鉱の人々はここを離れなければならなくなった。人が去れば町は縮む。わかりやすい原理である。しかし夕張は積極策に出る。「炭鉱から観光へ」と宣言して投資を募り、法の裏をかいてまで市債を発行し、巨大な施設を造った。そしてそれがすべて外れた。

資本主義とは投資であり、あるところから先は投機、はっきり言えば博奕である。世の動向、人々の心の動きを読んでその先を行く。当たるもあり外れるもある。その結果が、夕張の場合、三百五十億の負債となって、十一万から一万まで減った市民の肩にのしかかった。まこと理不尽な話だが、日本のどの自治体にも起こりうることでもあった。夕張は悪い見本としてさらし者にされたとも言える。

では今はどうなっているか？

市長の鈴木直道さん（当時）に会って施政方針を聞いた。

この方がめっぽう明るい。若くて元気で着想に溢れている。というか、発想の逆転が見事。JR北海道の先手を打って新夕張と夕張の間の路線廃止を市の方から申し入れ、その代わりにバス路線などの充実の資金を引き出す。他の路線と違ってごく短いから可能、ということもあるが、ともかく市民の移動手段を確保することはできた。

とんでもない借金を負って、「全国最低の行政サービス、全国最高の市民負担」と自虐的なスローガンが堂々と石炭博物館に掲げてある（もとはマスコミが言ったことらしいが）。そして市長の給与も全国最低。彼はそれを誇っている。

二〇〇七年にこの市は財政再建団体になった。借金の返済が万事に優先する。市の職員の数は半減し、それだけ生活は不便になった。市民は耐えるか、転出するか。人口はまた少し減った。

耐えるところから別のきずなが生まれる。市職員の手が足りないところを市民が見るに見かねて、あるいはやむを得ず、手を貸す。これまでとは違う自治体のありかたが見えてくる。結局は人の手なのだ。

ここでは一種の逆転現象が起こっている。「最低の行政サービス」の夕張はそのまま北海道の未来像、日本の未来像ではないのか。第二次世界大戦中、負ける一方の日本に「足らぬ足らぬは工夫が足らぬ」というスローガンがあった。右の肩が上がっていかない時代にはお金ではないものの価値が増す。

アベノミクスはまるまる幻想であるが、株価などに見るとおり幻想でも動いてしまうのが経済の始末の悪いところだ。悪い夢から覚めるには夕張はよいところだとぼくは思った。

（２０１８年７月）

戦争の空気とオスプレイ

百四十九年前に箱館戦争が終結して以降、北海道では地上戦はなかった（第二次大戦末期の樺太を除く）。しかしそれはこの地がずっと平和だったということではない。

そもそも、蝦夷地を正式に日本の領土に組み込んだ理由の一つが、十八世紀から露骨になったロシアの南下への懸念だった。屯田兵は北方警備と開拓の二つを任務とした。ロシアはいわゆる仮想敵国（自衛隊用語では対象国）だった。

旭川は第七師団が置かれる軍都で、それと呼応してか、北海道護国神社は旭川市に置かれた（道内では他に札幌と帯広などに数社がある）。戦争は死者を生むものだから何らかの鎮魂の施設が要るのだ。

一九四五年、国内でほぼ唯一の地上戦の地となった沖縄には全国から兵士が送り込まれたが、その中で最も多くの戦死者を出したのは北海道だった。その数一万八百五名は二位の福岡県の四千三十名の二倍半を超える。人口比を勘案しても突出した数字で、植民地的な性格を残した北海道の人間は命が安かったのかと思わせる。

逆の統計を見ると北海道出身の戦没者の中でも沖縄で亡くなった人が最も多い。次いで海上、中国、内地の順。道内という項目はない。

終戦（敗戦）の際は結構きわどかった。ソ連が一気に侵攻して日本がドイツと同じような分割統治になった可能性は、今、我々が忘れているほど低くはなかっただろう。帯広にいたぼくは中学校からロシア語を習っていたかもしれない。スターリン体制下のソ連とルーズベルトの影響の残る米国を比べれば、占領軍が事実上アメリカ軍であったのは幸運と言えるか。

軍備を捨てたはずの新生日本にたちまち自衛隊が作られた。冷戦の時代、脅威はやはり北のソ連だった。だから自衛隊は北海道に重点的に戦力を配備していた。戦車というのは広い平地での運用を前提とした兵器であり、山の多い日本で使うとしたら北海道しかない。90式など正にこのために開発されたという。

今も北海道では自衛隊の存在感が強い。道を走っていてあの地味な緑褐色の車両と行き交うことは少なくないし、新千歳空港ではしばしば隣の自衛隊基地から離陸する戦闘機の轟音を聞く。那覇や小松、三沢などの空港は軍民併用だが、千歳は分けられている。それだけ規模が大きいのだろう。近くの交差点に書かれた地名が「平和」とか。

つまり北海道では、他の地と比較して、戦争は身近なのだ。

終戦の時のこと。

北海道は日本の他の地と比べると空襲が少なかった。サイパンに置かれたＢ29の基地から遠かったことが理由だが、それでも一九四五年七月の十四日と十五日には艦載機による空襲と艦砲射撃で相当な被害を受けている。とりわけ室蘭と釧路、根室で惨禍が目立つ。

内陸の帯広も無傷ではなかった。

総合体育館の隅にある「帯広空襲の碑」を見た。七月十五日について「死者五名、損壊家屋五十九戸」とあるが、その後の調査では死者は六名、焼尽した家屋は百戸以上とわかっている。最も幼い死者は生後八か月だったという。

ぼくはこの日の八日前に、この碑のある場所から千七百メートルのところで生まれた。ぼくが生後八日で死んでいた可能性はゼロではない。

さて、つい最近の話。

帯広駅の南西四キロほどのところに陸上自衛隊の基地がある。全長千五百メートルの滑走路を備えた立派なもので、もっぱらヘリコプター部隊の訓練に使われている。

この九月、米軍と自衛隊は日米合同訓練を行う予定だった。その際に十勝飛行場がオスプレイの補給拠点として使われることになっていた。沖縄などで運用されているが、事故率が高いことで知られた機材だ。

ヘリコプターと普通の航空機を合わせたようなティルトローターという方式で、要するにヘリのような上向きの大きなプロペラで離着陸し、上空でそのプロペラを前向きにして前進する。ヘリより速くて、遠くへ飛べ、ヘリと同じように狭いところに降りられる。

欲張っているから無理があり、開発中はばたばた落ちて、「未亡人製造機」とか「空飛ぶ恥辱」とか呼ばれた。実用化されてからはまあ使えるとされてきたけれど、ここ数年で事故率がまた上がっている。

八月十四日、オスプレイがそれぞれ奄美空港と嘉手納基地に不時着した。この二件は互いに無関係つまり別の理由で、嘉手納の方は緊急車両の出動まで要請された。所属する普天間基地までの十キロも飛べない事態。

帯広の自衛隊基地は周囲を住宅地に囲まれており、近隣には十を超える学校がある。帯広の森幼稚園は滑走路から二百メートルの距離にある。極度に危険と言われる普天間基地とまったく同じ構図なのだ。

ぼくが行った日はたまたま運動会の練習で、子供たちの玉入れのすぐ先でタッチ・アンド・ゴーの訓練をするヘリが三分おきに飛来していた。爆音も相当なものだ。

今回、日米合同訓練は地震で中止になったが、次回には同じプランで実行され、帯広にはオスプレイが飛来するだろう。

平和とは水の洩る船のようなものだ。つねにポンプを動かして排水していなければ沈没する。道民のみなさんがあまり戦争慣れしないといいとぼくは思う。

（2018年11月）

島としての北海道

先日、小樽で養老孟司さんにお目にかかる機会があった。論客として著名だが、昆虫への傾倒でも知られる。もうそちらの方が本業と言われぬばかり。来シーズンには暑寒別に採集に行きたいと言われる。あのあたり、まだまだ固有の新種が見つかりそうだとか。狙うはコガシラミズムシあたりか、というのは知ったかぶりの臆測。

地理には自然地理と人文地理がある。人はついつい、新幹線の開通とか北方四島とか、人文の視点から自分たちの土地を見がちだが、たまにはすっかり自然に返った目で見てみるのもいい。

まず、行政で北海道と呼ばれるこの地は島である。本州という名の大きな島の北にあるけれども、地形の軸はずれている。つまり、関東地方と青森県を結ぶ線と襟裳岬から宗谷岬に延ばした線は東西に二百五十キロほど離れて平行している。本州と四国や九州の一体感とはだいぶ違う。

プレートテクトニクス（中国語の「板塊構造説」がわかりやすい）で言うところのプレートの縁に沿って形成された列島だから弧状になるのは当然だが、しかしもともと繋がっていたものが分かれたのではないらしい。

その証拠としてブラキストン線がある。津軽海峡を境に動植物の分布が異なる。早い話がこちら側にはツキノワグマはいないし、あちらにはヒグマはいない。

当初、日本列島はサハリンから本州・四国・九州までみんなアジア大陸の沿岸だった。だからナウマン象など、大陸的な動物の化石が見つかる（北海道では忠類＝現・十勝管内幕別町＝やオホーツク管内湧別町で出土）。あんな大きな動物が島の生態系で進化できるはずがない。

この島は正方形を四十五度ほど回した形をしており、そこからいくつもの半島や岬が突出している。とりわけ大きいのが渡島半島で、これがなければ本州との連続感はずいぶん薄れていただろう。早い話が青函トンネルは掘れなかった。

脊梁（せきりょう）山脈と呼べるのは日高山脈くらいで、その北端から東に離れて大雪山系と十勝岳のまとまりがある。

今や日常生活のツールであるグーグルマップで北海道ぜんたいを枠に入れて、これを航空写真に切り替えると、平野が三つあることがわかる。

まず、石狩平野は南北方向に北海道を縦断している。飛行機で新千歳空港に降りる時は左に樽前山、右には夕張山地が見える。この平野は北と南の気団がせめぎ合うところで、苫小牧は晴れていても札幌は雪ということも少なくない。

東に向かって日高山脈を越えると十勝平野。帯広で生まれたぼくにとっては（と自然地理から人文地理を飛び越えて自分史になるのを許して頂くとして）、広くてフラットで遠方に山並みの見えるここの眺望がいわゆる原風景だ。

三つめの平野が根釧台地。標高が百メートルから二百メートルの間だから台地と呼ばれるが、実際には平らな大地がずっと広がる。川が造った沖積平野ではないけれど充分に平野的な地形ではないか。

鳥瞰（ちょうかん）という言葉がある。鳥の眼から見下ろした地表の姿。今は簡単にそう言ってしまうが、かつて地形は人間の足で確かめるものだった。松浦武四郎の徒歩の旅路を思い出してみよう。どこならば山並みを越えて向こう側に出られるか。あるいは海岸に沿って足で行けるか舟が必要か。先住のアイヌの人々に聞いて一歩ずつ進んだのだろう。

川にはそれぞれの集水域があって、その境界は分水嶺（れい）と呼ばれる。こういう理屈を知った時、本当に納得して感心した。支笏湖は太平洋からすぐのところにあるのに、そこに発する千歳川は北に流れて最後は日本海に注ぐ。世界地理でもっと極端な例を探すと、南米大陸の分水嶺は西寄りぎりぎりのアンデス山脈。だからアマゾン川の集水域はとんでもなく広い。

人間は自然に抗して川の流路を変えたりトンネルを掘ったり海を埋め立てたりするけれども、その力は限られている。早い話が山を動かすことはできない。あるいは降雪の量を左右することはできない。

あさましい政治や経済の話に飽いた時、自然のゆるぎなさにふっと救いを感じることがある。山はいつでもそこにある。

だがそこで温暖化のことを思い出し、また落胆に沈むのだ。

（２０１９年１月）

あれから8年

東日本大震災から八年が過ぎた。

八年はぼくの人生にとって人生の11%に当たる。もう若くはないし、この間は生活に大きな変化もなかったからか、八年前の記憶は今も生々しい。若い人ならば遠い昔かもしれないが。

振り返ってみると、あの年の三月十一日、ぼくは四国にいて、揺れなどまったく感じなかった。事態を知ってすぐに札幌の自宅に帰ったが、ここも本の山が崩れたくらいで、さしたる被害はなかった。

仙台に老いた叔母夫婦がいたので、その身を案じた。なかなか連絡が取れないうち、ともかく無事であることがわかった。三月の二十三日になってようやく東北道に大型車が走れることになり、翌々日、バスで救出に向かった。札幌でしばらく避難生活をしてもらった。

四月になって取材のために現地に入り、その後は取材とボランティアで頻繁に通った。瓦礫（がれき）の中をうろつき、受難の話をたくさん聞き、多くの知人・友人を得た。

津波で平坦（へいたん）になってしまった住宅地を見て、これほど災害の多い土地で我々（われわれ）の祖先はいかに暮らしてきたかと考えた。国土の条件とそこに住む者の精神はどう関わるか。

その先で、古来この島々で暮らしてきた人々の心性を知りたいと思い、そのためには文学に依（よ）るしかないと考え、『池澤夏樹＝個人編集　日本文学全集』という出版の企画を立てて、今日までにほぼ実現した。

こういうことは縁だと思う。きっかけを得て動く場合もあり、そうでない時もある。ぼくは阪神淡路大震災に際しては何もしなかった。

その一方で縁を生かすか否かはそれぞれの判断である。日本という国は3・11を体験してどう変わったか。まこと災害が多い国土であると再確認したのは間違いない。自分たちの暮らす大地が信用できないものであることを改めて思い知らされた。

地震、津波、噴火、更には台風、いずれもいつ来てもおかしくない。寺田寅彦は「天災は忘れた頃にやってくる」と言ったが、実は人は天災の直後からもう忘れたがっているのだ。どうしようもないのだから、泣くだけ泣いたら忘れて生きよう。そうするしかない。

しかし科学技術のおかげもあって社会は賢くなっている。忘れるのではなく、教訓を得て次に備えようとする。

例えば原発。福島第一原子力発電所はとんでもない災厄をもたらした。周囲に広く住めない土地を生んだ。壊れた炉の解体だけでこの先どれほどかかるかわからない。

その結果、この国の原発の多くは運転を停止している。資本とそれに結託する政府がいかに横車を押そうと、国民の安全感覚は多くの地で再稼働を止めている。

国と財界は金が動くかたちで、すなわち土木で、安全を確保しようとした。国土強靱（きょうじん）化計画などという案が出てきた。

しかし大事なのは金ではなく人の動きなのだ。

釜石市は早くから津波を想定した教育をしてきた。「てんでんこ」という標語を子供たちに周知徹底、いざという時は自発的に逃げろと教えていた。子供が逃げれば非常事態とわかって大人も逃げる。釜石は学童生徒の死者を一人も出さなかった。

大船渡市は一九六〇年のチリ津波で大きな被害を出したことを教訓に、市役所も病院も高台に移してあった。市民の意識も違う。それが隣の陸前高田などとの被災の差を生んだ。

北海道は昨年九月六日に胆振東部地震を体験し、今年も二月二十一日にまた大きな余震に見舞われた（いつも思うのだが、「余震」という言葉は響きが軽すぎる。「残震」とか「続震」とか、濁音で始まる強い言葉に替えてはいかがか。だいたい余りと呼んで済むものではないのだから）。

政府の地震調査研究推進本部によれば、今後三十年以内に北海道の太平洋側でマグニチュード7級の海溝型地震が起きる確率は26％以上であるという。海の中を震源とする地震はそのまま津波に繋（つな）がる。胆振東部地震も今回の余震もその意味では不運がまだしも少なかったと言えるだろう。

こういう国土のゆえか、日本人の思想には永遠とか無限という概念が薄い。世は移ろうもの、明日は何が起こるかわからないし、それを神の意思とすることもない。すべては無常。言い換えれば自然は無情であって人の都合を考えない。

心して災害に備えよう。

（2019年3月）

新千歳空港批判

公共の建造物の設計には先を見通す力が要る。造ってしまったら改造は難しい。

失敗の例が東京の首都高だ。いつも渋滞で拘束道路などと呼ばれている。理由は簡単、「支線」からの流入をさばくだけの容量が環状線にないのだ。支線が八本あれば環状線が片側二車線では足りない。これは子供の算数でもわかる。オリンピックを前にした一九六四年の日本にはあれを三車線に造る余力はなかったのだろう。今、来年の夏に向けて千駄ケ谷も原宿も外苑前も駅の改築を必死で進めているが、本当に人はあふれないのか。

先見の明はいつだって足りないのかもしれない。身近なところで言えば典型が新千歳空港。おそろしく使い勝手が悪いのだ。

第一に遠い。

都心から四十二キロというのは東京の羽田、大阪の伊丹、福岡などと比べて格段に遠い。土地に余裕のあるはずの北海道でなぜこんなことになったのだろう。丘珠のあたりにあったらどれほど便利だったか、想像してみてほしい。

次に、ターミナルビルへのアクセス道路を出発と到着に分けて二階建てにしなかったのはなぜか。羽田はもちろん、乗客の数で新千歳と並ぶ那覇だって二層に分かれている。バスやタクシーで着いた客はそのままチェックイン・カウンターに行ける。

さらに、新千歳はそのチェックイン・カウンター前のロビーが狭い。商業区域を広くとったしわ寄せで、込んでいる時には通れないほど。

そもそも鉄路で着いて、エスカレーターで上がるとそこは店々の雑踏の中。どちらに行けば飛行機に乗れるのかわからない。本末転倒とはこのことではないか。モノを売って稼ぎたいという浅ましい思いが歴然で、空港の利用者と買い物客を強引に重ねている。

さて鉄路で地下一階に着いたとして、荷物が多いからカートを使おうとする。あるいはあなたは車椅子を要する身である。しかしエレベーターが絶望的に狭いのだ。延々と待たされる。搭乗前には時間の余裕がないこともある。

欧米の例を引けば、空港のエレベーターというものは六畳間くらいの広さがあるものだ。それも両側が扉で、乗ったままの向きで前に進めば降りられる。

新千歳のは全般に小さすぎる。最小のものはカート一台と人が二人、車椅子一台と人が一人、それで一杯になるとは設計者はいったい何を考えていたのだろう。

この先は新千歳だけでなく日本の空港ぜんたいの問題。

セキュリティー・チェックの部分がなぜこれほど無様（ぶざま）な、間に合わせの造りなのか。

流れとして考えてみよう。乗客は機内に持ち込む手荷物からパソコンなどを取り出し、コートとジャケットを脱ぎ、ポケットからケータイや財布を取り出し、ペットボトルを検査に預け、時には靴も脱がされ、搭乗券かカードかケータイで乗る資格を証明して、金属探知のゲートをくぐる。出た先ではすべてを逆に辿（たど）って出したものを身につける。手間のかかる旅の難所である。それへの配慮がまるで足りない。

本来あるべき空港の例を話そう。X線装置に連結した十メートル以上の長いコンベヤーがある。ローラー式で、両サイドには高さ数センチの擁壁があって大きな深いバスケットが横に落ちる心配を防いでいる。乗客の列は検査装置のずっと前から悠々と準備を進め、自分のものを入れた数個のバスケットを軽々と押して進む。

乗客の身になって造ればこうなるに決まっている。最近は「セキュリティー・チェックを強化しております」と言ってコートやジャケットはおろかベストまで脱がせる。だったらチープな事務卓を並べるのではなく（段差の部分を客が自分の手でバスケットを持って運ばされるところさえある）、充分な広さを取ってスムーズな流れの施設をなぜ準備できないのか。

使い終わったバスケットを職員がばたばたと列の先に戻すのも馬鹿げている。先に述べた理想のシステムに出会ったのは二十年前、フランスの地方空港だった。使用済みのバスケットは下段から自動的に元に戻るようになっていた。今は欧米の主要な空港はみなこんな具合。

新千歳空港を見ていると、資本主義＝商業主義と社会主義の悪いところを取って合わせたように思われる。

航空会社は互いに競合関係にあるからサービスを磨く。しかし行政は評価される立場にないと思っているのだろう。まあ政府があれだけ露骨に嘘(うそ)を並べて平然としている国だからしかたがないのかもしれないが。

（2020年1月）

映画「ちむぐりさ」のこと

この疫病のためにみんなが辛(つら)い思いをしている。

これで一つ明らかになったことがある。自分の身体という最も身近な存在から世界の果てまではずっとつながっているということ。あなたの体調とニューヨークの死者の数は無縁ではない。そこを遮断しようと国境封鎖やロックダウンが行われているけれど、そうすればするほど我々はつながりを意識せざるを得ない。

本当はみんなつながっているのだ。それでも人間はあちらとこちらを区別する。自分は関係ないと思う。しかし人間という字を見ればわかるとおり、すべては人と人の間にある。その延長の上に社会があり世界がある。

だから人に会えないのは辛い。制度のつながり以上に体温のつながりが絶たれるのが辛い。

ぼくはかつて沖縄に住んでいた。今も友人が多いし、あの地の事情には強い関心を持っている。とりわけ普天間基地の危険のこと。

それを北海道の人たちにも知ってもらいたいと思って、あの滑走路を札幌に持ってきたら大通のテレビ塔から西二十二丁目までになると書いたことがある（Ｐ１６６）。市街地に軍事基地というのはそういうことだ。

その時はまた普天間基地を北海道で引き取ろうとも書いた。苫東には整備された空っぽの土地がある。海に面しているから住宅地の上を軍用機が飛ぶことはない。実現性はともかくそう提案することで北海道と沖縄がつながっていることをぼくは伝えたかったのだ。

この二月、一本の映画が完成した。「ちむぐりさ　菜の花の沖縄日記」。しかし疫病のために映画館はどこも閉まり、公開はむずかしい（少なくとも今、北海道では予定はない）。ではせめてこの紙面で紹介しよう。

石川県能登で生まれ育った少女が十五歳で沖縄に留学して、那覇にある珊瑚舎スコーレという学校に通う。ここはフリースクールで、だから初等部・中等部・高等部の他に夜間中学校がある。「義務教育未修了の方」が通うところで、戦争や戦後の混乱で小中学校に行けなかった老人たちが勉強している。

これは坂本菜の花（本名）という少女がこの学校を足がかりに沖縄という土地を知ってゆく三年間を描いたドキュメンタリーだ。この子が行動力があって感受性が高く表現力も豊かなおかげで、沖縄とそこに暮らす人々を知るためのよき道案内になっている。

学校はいわゆる勉強ばかりではない。三線を習い、紅型で布を染めて自分用の浴衣を作り、生徒仲間のおじい・おばあと笑って話す。時には海に潜ってモズクの養殖を見る。

その一方で彼女は沖縄の現実を知ろうと、辺野古に行って基地が造られる現場や反対運動の勢いを見る。また普天間に行って幼稚園児の頭の上に軍用機の部品が落ちてくる怖さを実感する。

そういう体験を経て彼女は、ここの人たちはこういう荷を負わされながらなんでこんなに明るいんだろうと考える。辺野古で、所詮沖縄は植民地という海人（うみんちゅ）のおじさんの言葉を聞いて思わず涙を拭うと、相手は「きれいな海を見に来てなんで泣くか」と彼女をからかうのだ。

米軍のヘリが牧草地に墜落した。その土地の持ち主にとっては長年の苦労で育ててきた地味（ちみ）が失われることである。しかし彼の父は燃えるヘリを見て、乗っていた兵隊は大丈夫だったかとそればかり気にしていた。

十五歳から十八歳まで。人に会って、ものを見て、感じて考えて、大事な年頃だ。この映画を見る者はいわば彼女の目を通じて忘れていたものを思い出す。つながった世界がきらきらと新鮮に見える。

人には共感力ともいうべきものがある。他者を自分に重ねてその思いを知ろうとすること。この映画のタイトルにある「ちむぐりさ」とは沖縄の言葉で「心が苦しい」という意味である。他人の苦しさに呼応して自分も苦しいと思う。九州水俣のあたりではこういう思いの強い人を「悶え神（もだえがみ）」と呼ぶ。辛い人を前に、何ができるわけでもないのにただ共に悶える。地方の言葉には共通語（標準語）にない表現があり、その心がある。

沖縄にいる間、坂本菜の花は北陸中日新聞にコラムを連載していた。今、映画を見るのはむずかしいが、コラムは『菜の花の沖縄日記』という本になっている（ヘウレーカ刊）。まずはこれを読まれることをお勧めする。

（2020年6月）

帯広柏葉高校新聞局

二〇二一年の十一月、帯広柏葉高校新聞局が全生徒を対象にアンケートを行おうとした。テーマは選挙。成人年齢を十八歳に引き下げるという大きな社会変化を前にしての企画である。

この新聞局は生徒主体で、顧問の教師が二名いる。以前から優れた新聞を出してきて、全国高校新聞コンクールで賞を取ったことが何度もある。特に十八歳選挙権が導入された二〇一六年の参院選に際しては、親元を離れて都会で下宿する生徒が実際には選挙権を行使できなかった問題を掘り下げ、全国最高賞を射止めた。

ところが今回のアンケートに学校が難色を示した。小選挙区や比例代表の投票先を選ぶという設問が問題視された。「学校は政治的に中立」を保持しなければならない、ということらしい。

その設問は線で消して回答不要とした上でアンケートを実行した。ところが学校は線で消しただけでは不十分という意味不明の理由で回収した回答用紙をシュレッダーで廃棄してしまった。この間の生徒と校長のやりとりについて「柏葉高新聞」はおよそちぐはぐでかみ合わないものだったと報じた。

未成年の模擬選挙投票は例えばドイツでは二〇二一年の連邦議会選で百十五万人が投票し、結果も公開されている。若い人たちの政治への関心が高まる。

校長と教育委員会は何を恐れているのか？

生徒たちが自分の頭でものを考え、この国はおかしいと気づいて改革しようと言い出すことを。

一例を挙げれば世界百五十三か国の中で百二十一位という男女格差。

三年ほど前、北海道高等学校長協会七十周年記念という場で講演を依頼された。もっぱら文学と文化の話をして、最後に壇上からこう問うた――「この会場には三百名の校長先生がいらして、その中で女性は数名。おかしいと思いませんか？　生徒の男女比は一対一でしょう。教師にしても似たようなもの。ではなぜ男でなければ校長になれないのですか？」。

むろん返事を期待しての問いかけではない。

この国には二種類の人間がいる。男性で、高年齢で、よい地位に就いて既得権益を持っている人と、そうでない人。

前者（オヤジ族と言えばわかりやすいか）は自分の権益を守ることだけを思い、日本の未来のことなど考えていない。若者を押し伏せ、女性を押しのけ、自分の座にしがみつく。それがこの国の成長力を奪い、先行きを暗いものにしている。この二十年の間に日本発のグローバル・ビジネス・モデルがあったか？

八年ほど前、文教族の衆議院議員の義家弘介さんが教科書に載ったぼくの文章を論じた。

ぼくの論旨は簡単で、桃太郎は侵略者ではないかということ。傭兵(ようへい)を引き連れて鬼の国に攻め込み、宝を奪って帰る。

義家さんは「伝統的な日本人なら誰もが唖然（あぜん）とするであろう一方的な思想と見解が、公教育で用いる教科書」に採用されたことを難じた。

ぼくは生徒に唖然として欲しかったのだ。教育というのは生徒の頭に官製の思想を注入することではない。一つのテーマに対していかに異論を立てるか。知的な反抗精神を養うのが教育の本義である。

（２０２２年４月）

身近な木、遠くの木

札幌市がずいぶん気の利いたことをした。いや、ただ木に名札を付けただけなのだが、これが実にありがたい。場所は円山公園。

見て歩いて、アサダ、サワシバ（共にカバノキ科）。ニガキ（ニガキ科）など、ぼくがまったく知らなかった樹種を見つけた。

よく知っている方はオニグルミ、ブナ、トチノキなど、内地と共通のものが多い。

ぼくは動物の名は少しは知っているが植物には暗い。花の名もわからないが木となると知らないものばかり。

だいたい木は背が高い。主要な部分は頭上ずっと遠くにあって、目の前に見えるのは幹ばかり。ブナとかスギとかマツとか、特徴的な樹皮ならばともかく、たいていはわからない。遠くから見ての樹形は手がかりになるが、森の中では近すぎて樹形は見えない。葉っぱの形も覚えられないし。柏餅（かしわもち）からカシワと、朴葉焼（ほおばや）きからホオノキと、気づいたりして。

家の周りの道に街路樹がある。すぐ家の前の道がナナカマド。これは派手な赤い実を付けるからすぐにわかった。紅葉もするし季節の指針として日々親しんでいる。

「さっぽろの街路樹」というサイトに「街路樹マップ」があるのだが、これが実に使いにくい。

自分の家の周辺、散歩でいつも歩く区域の木の名が知りたいのに、索引となる全域のメッシュ番号図から目指す地域を選ぶのが容易でない。地名情報が皆無の、いわば道路だけの白地図だから、しかも札幌の道は南北の格子だから、苦労することになる。

なんとか近隣の図に辿りついて、プリントアウトして、手に持って歩く。ナナカマドの他には――

ニセアカシア

イチョウ

ヤマボウシ

カツラ

ネグンドカエデ

トチノキ

ハルニレ

などがある。

それを一つ一つ、「これまではお名前も知らずに失礼しました」という気持ちで見て歩く。

知っている木もある。

ニセアカシア（別名ハリエンジュ）は大学生で埼玉県に住んでいた時に知った。あの花はいい匂いがするのだ。本物のアカシアにはアフリカで出会った。他の木がまったくない湿原の孤木。縦に伸びた幹の先からすっと横に広がる樹形は忘れようもない。

ハルニレならば姉崎一馬の写真絵本の古典『はるにれ』を思い出す。樹木をもっぱらとするこの写真家は十勝川の河川敷に立つこの孤高の木の四季を撮った。何度も通って完成までに四年かかったという。

子供を連れてこれを見に行ったことがある。国道38号線と川の間の河川敷にあの木があった。車を駐めて、降りて、木の周りを歩く。快感でも満足感でもなく、ただいい気持ちだった。姉崎さんとは縁がある。はるか昔、彼の写真とぼくの文章で『森の祝福』という本を作った。南は八重山諸島のヒルギから北は北海道のトドマツまで。美しい本ができた。

これまでの人生で木との出会いはいろいろあった。

例えばオオシラビソ。

別名をアオモリトドマツというこの木には尾瀬で会った。太い幹のずいぶん低い位置から横に枝を伸ばすのだが、これが水平から下に傾いている。豪雪地帯なのでどうしても雪の重みに耐えられない、と樹形が言っているようだ。畏敬すべき木である。

もっと極端な例では、ハワイ島の南端のサウス・ポイントで見た木。常に一方からの風にさらされているので「つ」の字のような形になっている。風衝樹形と呼ばれる。

一時期はブナに夢中だった。これには戦後日本の林業行政の失敗が関わっている。戦争で使いつくした林を早く回復しようというのでスギばかりを植えた。外材が入ってきて国産材は売れなくなり、スギ山は放置された。間伐もされないスギは花粉を放出した。

スギと対照的なのがブナだ。針葉樹林は林床が貧しくがらんとしているが、落葉広葉樹林は生態系として賑(にぎ)やかだ。孤児になったら意地悪の親戚のところに行くより山に行け、という言葉があったくらい食べる物が採れる。

だからブナは自然回帰の象徴になった。保水力があるし、蘚苔類(せんたいるい)に飾られた樹皮も美しい。山に行くたびにブナを探した。白山の登山道のさるところにはぼくが自分のブナと決めた一本がある。

木ではないが好きな植物にヤナギランがある。背の高い多年草で、薄紫の花をつける。群生するのですぐにわかる。乗鞍の麓で、サハリンで、アラスカで、見かけるたびに挨拶(あいさつ)を送った。

（2020年9月）

渡り鳥に会いにゆく

政治の話も疫病の話も気が滅入るばかりだし、家にずっといるとだんだんに精神が萎縮するような気がする。どこか広い場所に行ってみようと思った。

北海道ならばそんな場所はいくらでもある。このコラムの表題のとおり、ここは「天はあお　野はひろびろ」の地だ。

できれば誰も人がいない方がいいと考え、晩秋のある日、車を出した。

ずっと前から心のメモに長都沼という地名があった。札幌から南へ四十キロほど。鉄道で言えば恵み野駅から東の方角に当たる。

目当ては鳥だ。渡り鳥がたくさんいると聞いていた。この時期ならば越冬のために北から来た水鳥に会えるはず。それにもっと南へ行く鳥たちの中継地でもある。

ぼくはいわゆるバードウォッチャーではない。知識も能力もない。それでも円山公園でカルガモの親子を見るだけで嬉しくなる。今回はもう少し遠くまで足を伸ばそう。

行ってみると長都沼は沼ではなく、細長い水路だった。広い水面を持つ沼や湖でないから鳥が近い！　ほんの百メートルほどのところにカモがたくさんいた。人間は一人もいない。

いつか行った美唄市の宮島沼では鳥が対岸の方に群れていて、一羽ずつを見分けることができなかった。かろうじて頭上を飛ぶ群れを見たくらい。

ここは動物園ではない。人間のために来てくれているのではない。だから見えなくてしかたがない。そう自分に向かって言いながらも少し寂しいとも思った。

長都沼にはカモが何種類もいた。それは双眼鏡でもわかるが一羽ずつの同定はとてもできない。まるで違う種類の鳥はすぐわかる。真っ白なダイサギがいるし、顔だけ白いオオバンがいる。

鳥が来ているということに安心感を覚えた。人間の専横は世界中を壊してまわっているが、しかしここはまだ大丈夫。カモたちは何にも怯(おび)えることなく水面に浮いている。だいたい同じ方を向いているのはそちらが風上だからだろうか。

鳥は自分は自分だと思っているだけだが、それでも名前を知りたい。それで誰もいない長都沼から二十キロ先のウトナイ湖へ移動した。こちらは立派な施設があって、レインジャーが常駐していて、その日その日に見られた鳥の名を教えてくれる。長都沼にいた鳥はこちらにもいると思っていい。

で、そのリスト——カモ科だけでヒシクイ、マガン、ヒドリガモ、マガモ、ホシハジロなどざっと十種類。ここでも鳥たちははるか遠かったが、それはそれとして正に鏡の如き湖面の静けさは心を慰めるものだ。山は遠く空は広い。

リストの中にカワウがあった。北海道では夏鳥のはずだからそろそろ南へ飛び立つのではないか。かつて東京港野鳥公園にやたらにいたことを思い出して懐かしく思った。あそこは巧妙な設計で観察小屋と水面が近い。

石川県の片野鴨池もその名のとおりカモ科の鳥が多かった、などと自分の鳥観察の記憶を辿(たど)り直してみる。

夏鳥、冬鳥、留鳥、旅鳥、漂鳥、それぞれの名が鳥たちの生活史を示している。

オーストラリアで見た奇妙な鳥のことを思い出した。「ジーザス・バード」と呼ばれるのは水面を歩くように見えるからだ。チドリの仲間で、長い趾(あしゆび)で体重を分散し、蓮(はす)のような水草の葉の上を歩いている。聖書にイエス・キリストが「湖の上を歩いて弟子たちのところに行き」とあるのを鳥に重ねた命名。

足の長い鳥は膝が逆に曲がっているように見える。実はあそこが足首。ちょっとしたパズルだ。

冬になると北海道にユキホオジロがやってくる。スズメより少し大きいくらいで、雪原にいる姿をテレビで見たことがあった。

あの小さな身体でどうして厳冬を過ごせるのかと考え込んだ。動物は大きいほど寒気に強い。哺乳類が北に行くほど大型化するのはヒグマとツキノワグマを比べればわかる。

毛皮や羽毛だけでは防寒力不足。熱量の供給が必須であって、だからリスは体重あたりでヒトの十倍のカロリーを消費する。

計算を試みると、ユキホオジロならば一日に二十四キロカロリーと出た。単三乾電池二十四本分。ガソリンならば二・四グラム。しかしこれを燃やしたのでは自ら焼き鶏になってしまう。

だから穀物。草の種ならば十二グラムほどで済む。体重の四分の一。それをゆっくり燃焼する。一日中飛び回ればそれくらいは食べられるか。

これは本当にいい加減な目の子算なのだが。

（２０２０年12月）

人間界と自然界

この七月の話。

夕方、散歩の途中で北5条通りに出たところ（西27丁目あたり）、軽自動車の急ブレーキの音。その車は去ったが、見ると道の真ん中に鳥がうずくまってもがいている。怪我をしている様子。たまたま右も左も赤信号で車の往来はない。どうするか？　鳥をその場に放置はできないと考え、車道に出て後ろからそっと抱き上げた。灰色で、羽毛が柔らかく、サイズは鶏くらいに見えるが、ずっと軽い。怯えてばたばた騒ぐけれど、振り向いても嘴はこちらの手には届かない。そのまま道の向こう側に渡って、ここでまた考える。懇意の獣医さんのところに連れていって、骨折部位に副木をあててもらい、家に連れ帰って餌をやって恢復を待って放つ。そういうシナリオは書けるが、しかしそこまでする用意はない。翼開長が一メートル以上は家庭で飼えるサイズではない。

野生動物は事故に遭えば死ぬ。咄嗟の判断で道路から出したのはむしろ後続の車どうしの交通事故を防ぐためだ。人があまり来ない空き地まで運んで、放置して去る。

他の選択肢はあったか？　カモメは絶滅に瀕しているわけではないから動物園は受け付けてくれないだろう。保健所は無関係だし、経済価値も犯罪性もないから交番でもない。

帰宅して、野生動物にじかに触れた手を丁寧に洗い、ネットでカモメの幼鳥であることを確認した。最後の換羽が済んでいなくてふわふわで灰色（ぼくは南極半島で出会ったペンギンの幼鳥を思い出した）。

このところ札幌ではカモメが増えているという新聞記事もあった。たしかに明け方などカモメの啼き声を聞くことが多い。石狩浜から川沿いにこちらに進出してきたのか。高層ビルの屋上などで営巣して子育てをする。事故に遭った子はまだ上手に飛べないのに巣を出てしまったのだろう。

都会にも野生動物はいる。札幌のカラスは厄介ながら隣人である。東京の渋谷にあるホテルの三十階の窓の前をカワウが横切った。ずっと前だが皇居の中で夜、ハクビシンを見かけたこともある。

そして今年六月の丘珠空港のヒグマ事件！　いったいどこから来たのかと誰もが不思議に思ったが、どうやら水路経由だったらしい。

このクマは最後には駆除された。つまりはっきり言えば射殺だ。この処置のしかたはぼくとカモメの子の場合と同じだと思う。救って救えないことはない。水路の先に箱罠を仕掛けて追い込み、捕らえた上で山奥に運んで放す。

しかし実際にはそこまではできない。市街地に入ってしまったところで運命は決まっていた。しかたがないのだ。

野生動物でも個体と向き合えば感情を動かされる。ヒグマは恐いが今回の結果は哀れだ。幼いカモメならばなおさら。

野生動物との付き合いはむずかしいと考えていた時に『アーバン・ベア　となりのヒグマと向き合う』という本が出た（佐藤喜和著　東京大学出版会）。長年の野外観察と研究の成果で、夢中になって読んだ。

タイトルは「市街地に出没するクマ」ということ。今の北海道のヒグマの生態についての知見がぎっしり詰まっている。「独立した若いオスは出生地を離れて、競争相手が少ない、またはいないような場所を求めて広い範囲を動き回るのだろう」というのが今回の事件を説明してくれる。

研究者と行政と地域の協力で遭遇を未然に防除する体制を作る。人のゾーンとクマのゾーンを分ける。説得力のある本だ。

ぼくは今は札幌で暮らしているが、一九九四年から十年ほどは沖縄にいた。離島も含めて彼の地の自然のことも知っている。

先日、興味深い記事を「沖縄タイムス」で読んだ。石垣島に野生化した牛がいるというのだ。場所は島の北、伊原間の牧草地。そこで牛を飼っていた組合が土地を牛ごと他の会社に売ったのだが、管理の手が届かなくなり、牛は山野に出て勝手に繁殖しはじめた。

六十頭はいるという。牧草を食べたり畑を踏み荒らしたり問題になっていたのだが、とうとう交通事故を起こした。牛は即死し、車は大破。

野良牛には戸籍がない。系統も育った過程も餌も不明。そういう牛は捕まえても肉牛として市場に出せない。どうやら殺処分しかないらしいが、大きい対象だからとライフルを使うと威力がありすぎて外れた弾がどこへ飛ぶかわからない。

日本最西端の与那国島には野生の馬がいて、こちらは天然記念物として大事にされている。

人間界と自然界はシームレスにつながっているのだ。

（2021年10月）

風は分散を誘う

先日、苫前の風力発電施設を見に行った。

一年かけて書いていた小説のテーマの一つが風力発電だったので、自分が住んでいる沖縄をはじめ、何か所かの施設を見てはいた。それでも厳冬の苫前に駆けつけたのは、ここがいくつかの点で画期的だと聞いたからだ。

第一に規模が大きい。一基の出力が一メガワットというのは今までの標準的な風車の倍だし、それが二十基並ぶという偉容は我が国でもはじめて。本格的なウィンド・ファーム（風の農場）が完成したという。

しかも、立地の場は牧場らしい。土地を占有するとなると、なにしろ広い場所がいる施設だから、その取得費が発電コストを押し上げる。しかし、牛は頭上で風車がゆっくり回っていても気にしない。両者は共存できる。

それくらいのことを予習して出かけたのだが、実際に見た印象は圧倒的だった。旭川から敢えて留萌に向かわず、士別から霧立峠を越える道で行く。ひさしぶりの雪道ドライブは楽しかった。海岸を走る国道に出るあたりでもう左手に風車群が見えてくる。大きいし数が多い。

カリフォルニアのようだと一瞬思った。ロサンジェルスの北にあるウィンド・ファームは風車の数が百基単位と多く、遠くから見るとまるで林のよう（むしろぼくは小魚の佃煮みたいと思った)。

ヨーロッパには風車はもっと多い。だから、苫前の風車群を見てぼくが、ようやく日本もここまで来たかと思ったのは、さほど的はずれな感想ではなかっただろう。

要するに日本は出遅れたのだ。それも宇宙開発のように技術的にではなく、政策的に遅れた。風力は希薄なエネルギー源である。原子力のような濃縮されたエネルギーの前では風など無意味だと日本の為政者は考えてきた。しかし、現実には、今、その濃縮されたエネルギー源の方にかげりが見えている。

風力ははるか昔から知られていた。風車に新しい発明はなにもない。効率を上げるために求められるのは改良である。発明の才はなくても改良はうまい日本人には向いた分野だと思う。しかも、苫前に見るように、今まで辺境とされてきたところが最も有力な候補地となる。危険ゆえに嫌われて辺境に追いやられる原発や軍事基地と違って、自然そのものが立地を決める。集中に対して分散という新しい原理が見えてくる。

沖縄に、風を利用するために辺境に設置されたもう一つの産業がある。粟国島という小さな離島にあるこの施設では、強い風を利用して海水の水分を蒸発させて食塩を作っている(最後の過程では日光ないし火力を使う)。ミネラルの含有分で世界一という、実にうまい塩だ。

この技術を確立した小渡幸信氏はアマチュアの研究者で、実用プラントを作る段階で風が強い粟国島を選んだ。ここは過疎化が進んで、農業もあまり行われず、そのために海が農薬で汚染されていない。マイナスの条件がプラスに転じる(「粟国の塩」は札幌ならば「わしたショップ」

という沖縄県産品販売店で買える）。

社会の動きには集中と分散の二つの原理がある。集中は一見したところ効率が上がるように見えるが、行きすぎれば全体が空洞化する。ここ何十年か、日本はひたすら集中を進めることで見かけの繁栄を作ってきた。そして空洞化が無視できない段階に達したのがここ数年である。日本のような大きな国で（ヨーロッパの三十五か国の中で日本より広いのはフランス、スペイン、スウェーデンの三つだけ）、なにも東京にばかり人や物を集めることはない。

今、さまざまな分野で分散の原理が動きはじめている。風がそれを誘っている。苫前の風車の大きな翼はゆっくりと回りながら次の時代を招き寄せている。

（2000年1月）

藻岩発電所と自然エネルギーの将来

秋の暮れ、娘が軽い怪我（けが）をしてリハビリのために札幌南整形外科病院に通うことになった。この病院の立地がすばらしい。

藻岩山のぎりぎり麓にあって、西は山鼻川を隔ててすぐに急傾斜の山。

山腹が平地に変わる際（きわ）のところに北海道電力の藻岩発電所がある。

山の上から斜面をまっすぐに三本の水圧鉄管が発電所の建屋まで伸びている。それがいかにも凜々（りり）しい。

建屋の中に入って水車と発電機の振動を身体で感じてみたかったのだが、取材と言っても北電さんは入れてくれない。

しかたがないから一般論に行こう。北海道の地形は自然エネルギーに向いている。水力も風力も好適地がたくさんある。冬季の積雪はそのまま水資源。国立公園法が改定されれば地熱も有望なはずだ。

何年か前、稚内から道道一〇六号線を南下する途中、右は海、左は野原という単純明快な風景の先に奇妙なものが見えてきた。道の左側にチリメンジャコか針金細工のようなものがごちゃごちゃとある。

近づくにつれて風力発電の塔の林立だとわかった。

後で調べたところでは「オトンルイ風力発電所」。高さ百メートルの風車が二十八基並んでいる。距離にして三・一キロ。

風が電力に変換されるようすが一目でわかる。一基あたり七百五十キロワットという出力は今では風力発電機として小さめなのだが（今の主流は二メガワット以上）、それでも壮観である。合計二十一メガワット。死んだままの泊原発の三基の合計二千七十メガワットに比べれば百分の一にすぎないが、燃料補給なし放射性廃棄物なしで着実に電気を作ってくれる。

海辺は風が強い。それを利用すれば電力が得られる。ではなぜこの広い北海道の海岸線に沿ってもっと風力発電所を造らないのか？

北海道という島の海岸線の総延長は（北方領土を除いて）三千九十七キロメートル。つまり「オトンルイ風力発電所」の千倍。仮にこの一割に風車を立てたとしても二千百メガワット。フル稼働ならば泊原発に匹敵する。

しかし問題は多々ある。

○風まかせだから稼働率が低く変動が大きい。

○低周波騒音が発生する。

○渡り鳥がブレードにぶつかるバードストライクも無視できない、などなど。

それでも放射性廃棄物を出す原発や二酸化炭素を排出する石炭火力よりはずっとましではないか。

太陽光もまだまだ余地があるだろう。高い位置にパネルを隙間をおいて配置し、その下にさほど日光を必要としない作物の畑を作るという土地利用率の高い方法もあると聞いた。

風力にしたって牧場との併用には何の問題もない。上で風車が回っていても牛は気にしない。

自然エネルギーの難点は出力が安定しないことだ。これを克服するには、まず大きなネットワークを作ること。日本ぜんたいを見ればどこかで風は吹いているし日も照っている。

3・11の時、北海道で余っている電力を本州に送れないことが問題になった。津軽海峡を越える北本（きたほん）連系の容量は六百メガワットしかなかった。今は少し増えて九百メガワット。国ぜんたいで融通しあうにはほど遠い（これは発電と送電が会社として分かれていないことも理由であるらしい。独占の弊害か）。

すべての間違いは3・11の後で復帰した自民党政権が原発にしがみついたこと。

あそこで見限って自然エネルギーに転向すべきだったのだ。この面で日本は他の先進国に完全に出遅れた。発電量は少ないし、かつては三菱重工業、日本製鋼所、富士重工業、日立製作所などが風力発電機を作っていたが国内の需要がないので撤退してしまった。今、本格的な規模を目指すのはＪＥＷｉｎｄ一社のみ。稼働しているものはない。

藻岩発電所の前に立って山を見上げる。

ぼくはこの水がどこから来るか知っている。南区にある豊平峡（ほうへいきょう）ダム（ここにも水力発電所がある）の下流、簾舞（みすまい）にもう一つ「藻岩ダム」があって、ここで取水された水が地下のトンネルを通って南三十三条の発電所の真上まで運ばれる。そして一気に流下、水車を回す。

この水は水質に何の変化もないまままた山鼻川に戻り、すぐ先で豊平川に合流、最後には日本海に注ぐ。

大きなダムを造る大型の水力発電所はもう余地がないとしても、小型水力をたくさん造るという手もある。落差一メートルでも電気は作れる。畑の横の小川が発電所になるのだ。全国では三千メガワットの潜在エネルギーになるという。

この先、原子力と火力への依存から抜けるために努力努力。


（2022年1月）

詩語としての地名

四歳か五歳、帯広にいた頃、ぼくは午後四時のＮＨＫラジオ第二放送の「気象通報」を聞くのが楽しみだった。変な子供だ。

「はじめに全国天気概況」、その後で「各地の天気」。

「石垣島では晴れ、東の風、風力三、気圧一〇一三ミリバール、気温は二三度」、から、那覇、南大東島、名瀬(なぜ)、鹿児島、福江、厳原(いずはら)、足摺岬、室戸岬、広島、浜田、西郷、大阪、潮岬、八丈島、大島、御前崎、銚子、前橋、小名浜、輪島、相川、仙台、宮古、秋田、函館、浦河、根室、稚内。

その先が東アジア圏。敷香(しすか)、松輪島(まつわじま)、ハバロフスク、テチューへ、ウラジオ、ソウル、鬱陵島(うつりょうとう)、釜山、木浦(もっぽ)、済州島(さいしゅうとう)、台北、恒春、長春、北京、大連、青島(ちんたお)、上海、武漢、アモイ、香港、バスコ、マニラ、父島、南鳥島、富士山。

そして緯度と経度と気象の数値ばかりの「船舶の報告」。更(さら)に漁船のための「漁業気象」。

世界は自分が住む帯広だけでなくたくさんの場所と地域から成っているということをぼくは知った。鉄道が帯広と札幌や東京をつないでいて汽車に乗ればそこに行けると知った時と同じ知的好奇心の喜びだった。

それとは別にこれらの地名の羅列は耳に心地よかった。それに気づいたのは幼いぼくの中の詩人だっただろう。詩はまずもって言葉の響きで作るものだ。単調な地名と数字の繰り返しがリズムを生む。

後で知ったことだが、気象通報は若いアナウンサーの練習の場だった。聴取者が間違いなく聞き取れるように明瞭にゆっくりと発話する。

ゆっくりなのは聞きながら天気図に数値を書き込んでゆく人のためだ。天気図用紙は二種類ある。初心者用は白地図の横に地名を並べた欄があって、そこに数値を書いていって、あとで白地図に移す。ベテラン用はそれをしないで直（じか）に白地図に書き込む。「船舶の報告」ならば緯度と経度を聞いただけでその位置に鉛筆の先が動く。

気象には人の命が懸かっている。等圧線の間隔が狭くなれば天気は荒れる。

地名はそのまま詩語である。

この原理を知って古代の日本人は和歌という短い詩の中に地名を多用した。「おほえやま　いくののみちの　とほければ　まだふみもみず　あまのはしだて」には大江山と生野と天橋立という三つの地名が詠み込まれている。小式部内侍の才気を表す有名な歌で百人一首にもある。三十一字のうちの十五字が地名。技巧の極みだ。

近代ならば寺山修司の「大工町寺町米町仏町老母買ふ町あらずやつばめよ」も地名づくしだ。大工町と寺町は弘前に実在する。

若い頃から遠い地名に惹（ひ）かれてきた。それが理由で旅をした。前記の気象通報にある地名のほぼ半分にぼくは行っている。自分でも呆（あき）れる。

今も憧れる地名がある——

亜渡移矢岬（あといやみさき）
爺々岳（ちゃちゃだけ）
ラッキベツ岬
蘂取（しべとろ）
野斗路岬
紗那

北方領土の国後と択捉である（ここでは国際政治と領土の問題には触れないことにしよう）。この地域、国土地理院は二十万分の一の地勢図しか発行していなかった。日本国政府の実効支配が及んでいないかららしい。近年になって二万五千分の一地形図が作られた。

北海道からすぐ目と鼻の先に大きな島があって人が住んでいる。その人々の暮らしが知りたいと思う。

一九八九年、北海道新聞はこの地域に記者を派遣した。自国の領土であるからと外務省が旧ソ連のビザを取得しての渡航を禁じていたので、数名を同時に海外に出して誰が現地に行ったのか特定できないようにした。これは壮挙だったが、外務省はそれから数か月、北海道新聞の記者を記者クラブから閉め出した。

政治がどうあれその土地に住んでいるのは人間なのだ。我々は人と人の仲を作らなければならない。

旧ソ連出身でパリを拠点にする映画監督ウラジーミル・コズロフが作った「クナシリ」というドキュメンタリー映画がある（二〇二一年公開）。今の島の人々の静謐（せいひつ）な日々を描いて、見ていて気持ちがいい。

おもしろいのは七十年以上前にあの島に住んでいた日本人の生活の痕跡が今もあること。敗戦で急な出立を強いられた彼らは持っていけない器物を庭先などに埋めた。今になってそれを掘り出して好事家に売る商売が成り立っている。

幼い時のぼくは「低気圧」と「高気圧」という言葉を聞いて地図のあちこちに赤鬼と青鬼がいてうろうろ歩いている図を想像した。

一九二八年に始まった気象通報はファックスを経てインターネットの時代になった今も自動音声の放送で続いている。気圧はミリバールからヘクトパスカルに変わり、地名の読み方も昔のままではないがその時間にラジオをつければ聞ける。

気団に国境なし。世界は空気で繋（つな）がっている。

（2022年4月）

自分が飲んでいる水の源

数年前から札幌に住んでいるのだが、ここの水道の水に感心している。味のことは後に述べるとして、まず喜ばしいのは夏でも冷たいこと。蕎麦やうどんを茹でて、仕上がったところで流水の中で揉んで引き締める。指の間でみるみるしゃきっとなるのがわかるし、指そのものも痛いほど。（さっき計ったら、五月の連休明けの今で水温は八・六度だった）

北国だからもともと気温が低い。それに雪の多い土地だから、夏になってもダムの水の何割かは雪代（ゆきしろ）、つまり雪解け水なのではないか。冷たい水が底の方にあるとか。

そのダムを見たいと思った。水道局に電話して聞いたところ、ぼくの家に供給されている水は豊平川（とよひらがわ）の上流にある豊平峡（ほうへいきょう）ダムから来ていると教えられた。

では行ってみようと車を出す。家から四十分ほどだからそう遠いわけではない。途中は新緑がきれいだが、着いたダムのあたりは標高五百メートルほどなので木々はまだ裸に近い。山腹には雪が少し残っている。

駐車場に車を置いて、その先の二キロほどは乗合の電気自動車で行く仕組みになっている。乗ってみたら途中はほとんどずっとトンネルだった。ダム建設の工事用に掘ったのをそのまま使っているのだろう。

ダムの上に立って見ると一方は湖で、もう一方は深い谷。周囲の山もずいぶんと急峻で、いい景色だと深呼吸しながら思う。道があったから楽だったが、自分の足で来ればなかなかの山歩きになったはず。

そして、ずっと奥まで続いている湖面を見ながら、この湖の水が流れ流れて自分の家まで来ているのだということにちょっとした感動を覚えた。小学生が遠足の後で書かされる作文のような感想だけれど、素直にそう思ったのだ。

水がここに蓄えられるのは、この湖が領土として支配している集水域というものがあるからだ。分水嶺で区切られた百六十平方キロに降った雨と雪はすべてここに流れ込む。それから、直線距離にして二十キロほどの流路の途中で浄化されて我が家に届き、その先ではまた浄化の過程を経て石狩湾に注ぐ。蒸発して雲となり、やがて雨や雪となって山に降る。

人は昔からずっと川のほとりで暮らしてきた。水がなければ生活は成り立たない。近年になってその水を家の中にまで引き込むようになったけれど、流れのほとりで暮らすという原理は変わらない。

水の味のこと。我が家の水道の水はうまい。ふだんは特にそう思うことなく飲んでいるが、旅先の水道の水の味に落胆することは少なくない。つまりここの水はうまいのだ。

あの山に降った雪と雨がそのままダムから地下の水路を辿ってこの家の蛇口まで流れ来たる。まずくなる理由がない、と湖と周囲の山の景色を思い出して考えた。

（２０１７年６月）

分水嶺の話

二泊三日の夏休みで北海道の真ん中あたりに行った。

本当の真ん中は大雪山だろうが、そこから七十キロほど南下した南富良野町を目指す。札幌のぼくの家から車で二時間ほどで着いた。

緩やかな丘にコテージが点在する。近くにこの施設のメインの建物があって、受付やレストランはその中。周囲は森で、ゆるい斜面を降りてゆくとダム湖がある。

名はかなやま湖。ダムは金山ダム。その水源である川は空知（そらち）川。

札幌方面からこの宿に来るには道東道を通って占冠（しむかっぷ）で一般道に出て北に向かう。少しだけ上って低い峠を越えるとあとはずっと下り坂だから、この峠を含む尾根が分水嶺だ。

昔からの性分で分水嶺という言葉に接するとちょっと興奮する。ちまちまと生きる自分がものすごく大きなものに出会った気分になる。

この線から北側に降った雨水は空知川となり、やがて石狩川に入って最後は日本海に注ぐ。この線の南側に降った雨水は沙流（さる）川となって太平洋に注ぐ。尾根のほんの数メートルの差で水の運命は大きく変わる。地形というものの効果で小さな違いが何万倍にも増幅される。峠に立って北を見ればはるか遠くに日本海、振り返ればはるか遠くに太平洋。そういうポイントがあるのだ。

分水嶺という言葉を知ったのは子供の頃、ジャック・ロンドンの『荒野の呼び声』（岩波文庫）を読んだ時のことだ。未開のアラスカを男と大きな犬が行く。見えるのは雪と氷ばかりで、運命は地理と気象に左右される。分水嶺の他に樹木限界線というのもあった。極地や高山でそれ以上進むともう木が生えていないという限界。

大人になって登山で知ったが、日本の山ならばダケカンバなどの疎林が低いナナカマドになっていじけたハイマツになって、その先はもう岩の表面の地衣類ばかり。地理学の用語や木の名称が美しいと思った。

世界でいちばん大がかりな分水嶺はヒマラヤ山脈だ。ここに降った雪は溶けて流れて、その位置によって、あるいは長江となって東シナ海に注ぎ、あるいはガンジス河となってインド洋に到る。

南米大陸は細長い三角形だけれど分水嶺がぎりぎりまで西に寄っている。アンデス山脈の東に降った雪の水は長い長い旅をしないと大西洋に行き着けないが、西側ならばすぐに太平洋だ。

話を日本に戻そう。この国は山地ばかりだから川が短い。つまり急流・激流が多い。明治の初期にオランダから呼ばれた治水の専門家が富山県の常願寺川を見て、これは川ではなくて滝だと言ったという話が伝わっている。オランダにはこんな川はない。というか、ヨーロッパの川はどれもとても遠くから流れてくる。だから洪水と言っても日本の川のように暴れて無茶をするのではなく、何か遠方の事情でしずしずと水かさが増してひたひたと平野を浸す。

日本では急な増水に備えて広い河川敷を用意するが、ヨーロッパでは岸辺まで水が来ている。少なくともぼくが住んでいたセーヌ川のほとり（パリより上流）ではそうだった。土地が平らだったから彼らは運河を作った。道路や鉄道以前に水運が発達した。フランスの南からデンマークの方まで運河伝いに行くことができる。短区間を試したことがあるがのんびりとしていい旅だった。

ヨーロッパの水に硬水が多いのは流れる距離が長いのでそれだけ鉱物質が溶け込むからだ。逆の理由で日本の水はもっぱら軟水。

夏休みというのはこういう役にも立たないことを考えて過ごすものだ。

（2022年9月）

北海道を離れるの記

去年の秋、北海道を離れた。

転出する先は信州の安曇野というところ。

荷物をぜんぶ出して数日後、車を運ばなければならないので小樽からフェリーで新潟を目指した。

前日まで台風で海が荒れているという話だったが当日は平穏で、ほとんど揺れは感じないですんだ。午後五時に出港して翌日の昼前に到着の予定。船内で夕食を摂(と)って、寝て、起きて朝食を摂ってしばらくすればもう着くという気楽な航海だった。

朝食の後で大浴場に行ってみた。波が荒い時は閉鎖とあったが幸い開いている。入ってみてその理由がわかった。船が揺れると浴槽の湯がちゃっぽんちゃっぽん外へ溢(あふ)れるのだ。勝手に「オーシャンの湯」と名付けたが、朝湯としゃれた酔狂ものはぼく一人だから独占状態。世の中、思わぬところに小さな幸運があるものだ。

北海道は祖先の地である。

ぼくの曾祖父は明治四年(一八七一年)に七歳で淡路島から日高に移住した。その娘がぼくの祖母。

祖父の方も親の代で福井から北海道に来た。祖父は札幌で生まれ、新渡戸稲造が開いた遠友夜学校に通った。

この夫婦が夫の転勤で神戸に行ったのでぼくの母たち三姉妹はそちらで生まれている。

戦争の末期、一家は空襲を逃れて帯広に帰った。祖父の仕事はマッチ工場の営業だったから帯広は縁のある地だった。

ここで、終戦の一か月と一週間と一日前にぼくは生まれた。その八日後の七月十五日、小規模ながら空襲があって六名が亡くなった。一人は生後八か月の乳児で、その場所はぼくがいたところから一千七百メートル。自分がその子だった可能性をぼくは考える。

生まれて初めて見た風景は帯広の市内。平らに広がっていて、建物の二階に上ると遠くに山が見える。後に知った内地の町と比べれば道は広く空も広かった。夏はクローバーの緑が美しく、冬は雪の世界。六歳で東京に移ってからもあの町が自分の基点であるという思いはずっと残った。

しかしぼくに本当に北海道人の自覚をもたらしたのは五十代の半ばになって書いた長篇『静かな大地』だった。曾祖父原條迂(すすむ)とその兄原條新次郎の生涯を軸とする歴史小説である。新天地での苦労と成功と没落の物語。これを書くために静内に何度も通い、アイヌについては二風谷の萱野茂さんのところに行って一から教えを乞うた。

今はあまり使われなくなったがかつては内地という言葉に実感があった。つまり自分たちがいるところはその外という意識があった。開拓地であり、はっきり言えば植民地である。流刑囚、田畑を持たない次男三男、戊辰戦争の残党、その他の食い詰め者、などなど根のない人々が来て、困難の中でなんとか根を下ろした。戦後でもそれが続いたことは坂本直行さんの『開墾の記』を読めばわかる（お目にかかったこともないのに、著作と六花亭の包装紙で親しいような気がしてつい「さん」付けで呼んでしまう）。

六歳で離れて以来、何度も訪れたけれど北海道に住むことはなかった。

五年ほど暮らしたフランスから帰国しようと決めた時に、日本のどこに行ってもよかったのに北海道を選んだ第一の理由は気候だった。慣れたフランスの涼しさに近い。

その奥には郷里という思いがあった。参議院議員を辞した時に萱野茂さんが「狩猟民は日が暮れたら家に帰るものだ」と言われたことを思い出した。しかし現実の生活ではまだ日は暮れていない。仕事はどんどん押し寄せる。帯広まで行ってしまうと少し不便なので妥協して札幌に居を構えた。十三年間、よい日々を過ごした。

ではなぜ今回そこを出たのか。

これはもう性癖なのだ。

土地というものが好きである。旅行でもいいけれど（実際ぼくはざっと四十か国に旅をしている）、住み着いて言葉を覚え、食べ物を知り、歩き回り、人の気性を学ぶ。そういうことがおもしろくてしかたがない。だから転居が一生を棒に振ってもいいほどの道楽になる。

芭蕉の「草庵（そうあん）に暫く（しばら）居ては打ちやぶり」というほどかっこよくはないが、しばらく居るとそのことはだいたいわかった気になる。そろそろ動くか。

幸いなことに作家・詩人という職業は自分で住む場所を選ぶことができる。それをいいことに自分で選んだ土地に住んだのが、ギリシャ、沖縄、フランス、北海道だった。

そして信州。

北海道から長野県へではなく都会から林間へというのが主な動機だった。

沖縄では太平洋に面した知念村（現南城市）というところで五年を過ごした。あたりまえの話だが自然が濃厚でおもしろかった。それで今度は山のふもとにしてみた。

北海道でもそれに適した土地はいくらでもある。しかしもう若くはないのだから雪が辛い。行政の除雪がある札幌でも毎朝の玄関前と車周りの雪かきはゆるくなかった。

次の家は北アルプスのすぐ東にある。標高六百四十メートルほどで、穂高岳まで直線で二十キロというあたり。山脈に遮られて雪は少ないらしいが、時おりニホンザルの群れが出没する。

離れはしても北海道は遠くない。実は最寄りの松本空港から札幌の丘珠空港まで直行便があるのだ。

去年の七月のこの欄で円山動物園にはもうシンリンオオカミはいないと書いた。ところが先日、動物園園長の神賢寿さんから来たメールによれば鹿児島に行ったショウの娘たち二頭があのオオカミ舎に住むことになったという。

いつか会いに行こう。

北海道はこれからも近いのだ。

（2023年1月）

あとがき

ぼくは地理的人間を自認している。ホモ・サピエンスであるよりホモ・ゲオグラフィクス。年号はなかなか覚えられないが地図は読める。

そういう性格でしかも作家だからある土地について文章を書くことが多い。まして自分が住むところはテーマとしてしばしば取り上げることになる。

北海道では幼時の帯広と最近の札幌、合計すれば十九年ほどを過ごした。人生のほぼ四分の一に当たる。当然たくさんの文を書いた。北海道新聞の連載コラムを中心に他のものも合わせて編んだのがこの一冊である。

住んだだけではない。母方の祖父と祖母はそれぞれ札幌と日高で生まれて育った。入植は更にその親の代である。草分けという古い言葉があるが正に草をかき分けてこの北方の地にやってきたのだ。この祖母の父とその兄の事績は格別におもしろいのでそれだけを主題に『静かな大地』という長篇小説を書いた。

それやこれや縁の深い土地である。

ぼくの場合、地理的関心はしばしば社会のありように繋がる。日本史だってすべてこの国土の地理的条件の中で展開してきたのだ。島国の幸運であって、二十世紀半ばまで異民族支配を知らずに済んだ国など他にない。

ここ二十年の日本の政治についてずいぶんきついことを書いてきた。書くべきことが次々に起こったのだ（それぞれの文について書いた日付を見てほしい）。ぜんたいとして弱者に対して冷酷無情。この国では便座は温かく政治は冷たい、というのは冗句ではなく現実である。

北海道も日本の一部である以上は例外ではない。だから北海道を通じて国政を批判することも多々あった。

その一方で、作られる食材の多種多彩さとその量とか（令和三年度の食料自給率が二二三％）、一歩だけ都市を離れれば賑やかな自然の様相とか、広々とした都市の構えとか、いいところなのだ。

読み返してみて、自分はどこかで北海道共和国を夢想しているのだと気づいた。

東京の政権に絶望しているから地域を限って別の国、別の政治をと考える。夢想にせよそれが可能なのは北海道と沖縄しかない。

水越武さんの写真を載せることができたのは望外の喜びである。ぼくの文章に飽きたらこの地の自然そのものをしみじみと見ていただきたい。

二〇二三年十二月　安曇野

写真リスト

池澤夏樹

一九四五年北海道帯広市生まれ。作家・詩人。二十代から世界各地を旅し、ギリシャ、沖縄、フランスで暮らす。二〇〇九年から二二年まで札幌に移り住み、一四年から一八年まで北海道立文学館長を務めた。一九八八年『スティル・ライフ』で芥川賞、九二年『母なる自然のおっぱい』で読売文学賞、九三年『マシアス・ギリの失脚』で谷崎潤一郎賞、「池澤夏樹＝個人編集 世界文学全集」「同 日本文学全集」の編纂で二〇一〇年・二〇年毎日出版文化賞および一一年朝日賞、二三年早稲田大学坪内逍遥大賞ほか受賞多数。近著に『みんなのなつかしい一冊』『また会う日まで』など。

水越　武

一九三八年愛知県豊橋市生まれ。北海道弟子屈町在住。自然写真家・田淵行男氏に師事し、行動する写真家として日本アルプス、屋久島、ヒマラヤ、北米・シベリア、中南米・ボルネオ・アフリカの熱帯雨林など山岳を中心とした自然を撮る。九一年『日本の原生林』で日本写真協会賞年度賞、九四年講談社出版文化賞、九九年土門拳賞、二〇〇九年『知床 残された原始』などで芸術選奨文部科学大臣賞ほか受賞多数。他の著書に『日本アルプスのライチョウ』『アイヌモシリ オオカミが見た北海道』など。

＊

編集　仮屋志郎（北海道新聞出版センター）

天はあおあお 野はひろびろ

池澤夏樹の北海道

２０２４年２月29日　初版第１刷発行

著　者　池澤夏樹

写　真　水越　武

発行者　近藤　浩

発行所　北海道新聞社

〒０６０-８７１１　札幌市中央区大通西３丁目６

出版センター（編集）電話０１１-２１０-５７４２

（営業）電話０１１-２１０-５７４４

印刷・製本　株式会社アイワード

乱丁・落丁本は出版センター（営業）にご連絡くださればお取り換えいたします。

ISBN978-4-86721-118-2